KB218909

장미
박람회

장미
박람회

Rózsakiállítás

외르케니 이슈트반 소설

김보국 옮김

프시케의숲

일러두기

1. 이 책은 외르케니 이슈트반의 《*Rózsakiállítás*》(1977) 헝가리어 원서를 한국어로 번역한 것이다.
2. 인명의 표기는 헝가리식을 그대로 따라 '성' 다음에 '이름'이 나오도록 했다.
3. 단행본과 잡지는 《 》로, 신문이나 영화, 영상은 〈 〉로 표기했다.
4. 작품상의 각주는 모두 원주다.

차례

장미 박람회
009

죽음은 삶의 사건이 아니다.
죽음을 살아내는 것은 불가능하다.
—비트겐슈타인

어떻게 살아야 하는지 그들에게 가르쳐라.
하지만 더 어려운 것은, 어떻게 죽느냐는 것이다. 어떻게!
—B. 포르테우스

존경하옵는 장관님께!

이렇게 하찮은 일로 정치 지도자분께 연락을 드리게 되어 송구합니다. 저는 텔레비전 방송국에서 조연출로 3년째 근무하고 있으나, 아직 책임 있는 업무는 수행하지 못하고 있습니다. 방송과 관련하여 소재 하나를 제안한 바 있는데, 방송국에서 촬영 불가 결정을 받았습니다. 말씀드리옵건대, '우리들은 죽는다'라는 제목의 다큐멘터리 영상물 촬영을 방송국은 허락하지 않고 있습니다. 방송국 측의 말로는, 죽음은 모든 사람이 두려워하므로 방송의 소재가 될 수 없다는 것입니다. 하지만 저는 우리가 죽음에 대해 논의를 하지 않아서, 그러니까 죽음에 대해 알지 못하기 때문에 두려움을 느낄 따름이라고 생각합니다. 신자들의 수가 줄어들고 내세의 위안을 잃어버린 후로 우리는 어쩔 수 없이, 어떠한 설명도 없이 죽음은 피할 수 없는 어떤 것이라고, 그것을 마치 끔찍한 공포처럼 여기게 되었습니다.

죽음에 대한 이러한 침묵이 어떻게 좋을 수가 있겠습니까? 이 침묵에는 유용함이 없으며 폐해만 클 뿐입니다. 과거에는 달랐습니다. 모든 이가 사후에 부활을 꿈꿀 수 있었기 때문만은 아닙니다. 현재의 죽음이 과거의 죽음과 다른 이유 중 하나는 과거에는 대부분 사람들이 집에서 친지들과 친구들이 함께 있는 데서 죽음을 맞이할 수 있었기 때문이라고 할 수 있습니다. 하지만 오늘날 인간의 죽음은 거의 대부분 병원의 벽에 둘러싸여 진행되며, 그렇지 않더라도 전혀 일면식도 없었던 의사 또는 간호사가 마지막 순간을 우리 곁에서 지키게 됩니다. 이는 객관적으로는, '환자'의 관점에서는 유용할 수도 있겠지만, 주관적으로는, 즉 '임종을 앞둔 사람'의 관점으로는 더 방해만 되는 것입니다. 삶의 한 요소이자 인간의 피할 수 없는 종말, 그리고 모든 인간의 일, 창조, 진보의 가장 주요한 자극제인 죽음이 이러한 현대 사회에서 신화화된 용어로 바뀌어버린 것은 모순일 것입니다.

시청자들에게 불치병 환자 세 명의 임종을 텔레비전에서 소개하는 것으로써 이러한 잘못된 상황에 대해 작은 경종을 울리고자 합니다. 깨어 있는 사람답게 자발적으로 이 역할을 맡을 세 명의 출연자들과도 이미 얘기가 된 상황입니다. 자발적이라고 다시 한 번 강조합니다만, 전혀 대가가 없는 것은 아닙니다. 왜냐면 세 명 모두는 촬영 협조에 상응하여 유족들에게 물질적인 지원이 이루어지기를 바라기 때문입니다.

현 규정에 따르면, 방송국은 제작 혹은 극예술 활동에 대해서만 보수를 지급하도록 되어 있습니다. 따라서 임종은 극예술이 아니라는 점도 상황을 어렵게 만듭니다. 이에 대해서도 장관님의 고매한 지원을 부탁드립니다.

이 방송물의 중요성을 저는 확신합니다. 불치병에 이미 걸린 환자들을 소개하고, 그들의 가장 극적인 순간들을 담은 영상이 수백만 시청자에게 공적인 보고實庫가 될 수 있도록, 그 가능성을 제시하는 이 방송은 예술사에서 최초로 시도되는 것입니다. 시청자들의 섬세한 감성도, 취향도 손상되지 않도록 상상 가능한 모든 충격적인 효과를 배제하며, 사려 깊게 이 과업을 수행하고자 합니다.

저희 팀의 담당자께서는, 그분의 윗분까지도, 재정적인 이유와 견해 차이를 들면서 이 영상물의 촬영을 허락하지 않았습니다. 하지만 저는 해당 업무를 관할하시는 정치 지도자분께서는 폭넓은 시각으로 이 다큐멘터리의 도덕적 가치와 교육적 효과를 익히 알고 계시리라 믿습니다. 만약 이 영상물의 중요성에 대해 납득하신다면, 촬영이 실현될 수 있도록 선처해주시기를 부탁드립니다.

부디 긍정적인 판단을 희망하며
존경하옵는
조연출 코롬 아론

~

답장은 오지 않았다. 아론은 낙담했고, 구내매점에서 마주치는 지인들에게 과일주 한 잔을 사며 실망에 대해 하소연했으나, 그들의 이해를 구할 수는 없었다. 그들 모두는 이 촬영에 대해 자살과 마찬가지라며 이런 주제의 다큐멘터리를 헝가리 땅에서 제작하는 것은 불가능하다고 했다.

이러한 그들의 견해에 맞서 아론은 거의 모든 사람들과 다투더니, 이후로는 차라리 혼자 술을 마시곤 했다. 하루는, 오전 11시에 이미 네 번째 과일주 잔을 들이킬 즈음, 울러릭 부장이 그에게 다가왔다.

"이봐, 한잔하는 거야? 그렇다면 기다린 보람이 없겠는데."

"기다린 보람이 없다니요?"

"초짜처럼 얘기하는군. 시놉시스, 카메라, 촬영 기사, 작업 공간, 그리고 촬영 스태프가 필요하다는 것을 잘 알잖아."

"촬영 스태프가 필요하다니요?" 아론은 놀라서 되물었다.

"'우리들은 죽는다'라는 제목의 다큐멘터리에 촬영 스태프가 필요하다는 말이지."

"부장님께서 못하게 하신 그 프로그램 말씀이에요?"

"우리에게 금지된 것이란 없어. 단지 제목이 마음에 들지 않지만, 거기에 대해서는 얘기해볼 시간이 있잖아."*

"그럼, 촬영을 해보자고 제안하시는 거예요?"

"그래, 제안하는 거야, 승인하는 거라고. 너를 위해 싸워서 얻어낸 거야. 고맙지 않아?"

"감사하지요."

"촬영 기사로는 누가 좋을까?"

"촬영 중에 말만 많지 않다면 누구든 좋아요."

"그럼 벙어리 같은 사람을 한 명 붙여줄게. 촬영 기간은 며칠로 하면 돼?"

"전혀 모르겠어요."

"무슨 소리야? 우리에겐 촬영 계획, 예산, 작업실이 확보되어 있다고."

"하지만 제가 사람들에게 계획에 따라 죽으라고 명령을 내릴 수는 없잖아요."

"나도 상부에 뭐라고 얘기는 해야 한단 말이야."

"부장님은 항상 그 지겨운 윗분 타령이세요! 이 촬영은 그 윗분에 대한 이야기도 된다는 것을 그 사람들에게 이해시켜주세요! 그 사람들에게도 한 번은 마지

• 이 논쟁에서는 울러릭 부장이 이겼다. 너무 암울하게 들리는 '우리들은 죽는다' 대신 이 다큐멘터리는 '장미 박람회'라는 제목으로 방영되었다.

막 숨이 다하는 날이 있다고 말이에요."

"한마디만 부탁하자. 한 달? 두 달? 그도 아니면 일 년?"

"저도 모르겠어요. 마지막 등장인물이 숨을 거두게 되면, 그제야 이 다큐멘터리는 끝이 나겠죠."

"이런 말도 안 되는 얘기는 지금껏 들어보지도 못했는데…. 어째 어린애들에게 모든 것을 맡겨놓은 것 같아 보이는군. 그래, 언제 시작할 수 있겠어?"

"촬영에 필요한 것들을 받는 대로 바로 시작할 수 있어요."

"그럼 필요한 걸 모두 적어봐. 내일 받게 될 거야."

"그럼 내일 바로 촬영에 들어갈게요."

~

"여보세요, 더르버시 댁인가요?"

"예."

"더르버시 가보르 씨와 통화할 수 있을까요?"

"누구신가요?"

"방송국에 근무하는 코롬 아론이라고 합니다."

"당신이 그분이시군요. 안타깝게도 제 남편은 지난 주에 돌아가셨어요. 화요일에 장례식이 있었어요."

"삼가 심심한 조의를 표합니다, 부인."

"감사합니다. 그런데 어디 계셨던 거예요? 불쌍한 제 남편 가보르와 당신 얘기를 많이 했어요."

"촬영 허가를 이제야 받았습니다."

"안됐군요. 꼭 제 남편, 그이와 촬영이 필요했던 건가요? 이렇게 여쭤보는 이유는, 만약 그를 대신해서 저도 가능하다면, 저는 준비가 되어 있어요."

"무슨 말씀이신지요?"

"솔직히 말씀드리자면, 그때 말씀하셨던 그 조그만 돈이 지금 제게 필요해서요. 만약 아직도 제 남편 가보르의 죽음에 관심이 있으시다면, 제가 스튜디오로 가서 직접 카메라 앞에서 지난 열흘간 어떤 일이 일어났는지 얘기하겠습니다. 물론 남편이 아직 살아 있다면 더 좋았겠지요. 설마 제가 방송 출연을 열망해서 이런다고 생각지는 않으시겠지요?"

"무슨 말씀을요, 그렇게 생각하지 않습니다. 부인,

언제 시간이 되십니까?"

"언제라도 좋아요, 제 근무시간만 피해주신다면요."

"그럼 내일 저녁 7시에 방송국에서 기다리겠습니다."

～

어린이 놀이터가 보이는, 방송국 건물의 작은 스튜디오를 배정받았다. 방음 시설이 잘 안 된 탓에 웃음소리와 소음이 들려왔다. 하지만 아론은 문제될 것이 없다고 생각했다. 이러한 생생한 배경음이 암울한 내용의 내레이션에 더 좋은 효과를 줄 것이다.

더르버시 부인은 검은 상복을 입고 있었다. 어떤 장식이나 소품도 없이 뒤편의 밝은 색 커튼 앞에 그녀를 앉혔다.

"감정에 북받치지 않을 테니, 중간 휴식 없이 진행하도록 하시지요."

아론은 말 없는 촬영 기사와 눈을 마주쳤다. 모든 것이 준비되었고, 큐 사인을 기다리고 있었다.

"'우리들은 죽는다' 제1장. 더르버시 가보르 부인.

촬영 시작!"

~

　그렇게 행복했다고만은 할 수는 없는 17년의 결혼
생활을 뒤로 한 채, 제 남편은 열흘 전에 돌아가셨어
요. 방송국으로부터 신상 정보에 대한 보안을 유지해
주겠다는 언질을 받기는 했지만, 남편의 이름을 말씀
드릴게요. 그이는 자신의 전문 분야에서 명성이 자자
했으니 알 만한 사람들은 모두 알 것이고, 그래서 이
름을 숨긴다는 게 의미 없을 거예요. 제 남편의 이름
은 더르버시 가보르였어요. 우리는 함께 대학을 다녔
어요. 저는 헝가리어-프랑스어를 가르치는 선생이 되
었고, 그이는 헝가리어-핀 우랄어 학과에서 언어를
연구하는 사람, 그래요, 학자가 되었지요. 결혼은 대
학 3학년 때 했는데, 오랫동안 임차인으로서 여러 집
을 전전했어요. 8년이 지나서야 골방 하나짜리 조그
마한 새 아파트를 마련할 수 있었어요. 아주 협소한
집이었어요. 물론 서로의 기질이 조금의 화합을 이룰

수 있었다면, 우리들은 잘 지낼 수 있었겠지요. 유감
스럽게도 저의 말 많고 오지랖 넓고 사교적인 관계를
선망하는 성격은 가보르의 진지함, 일중독, 그리고 나
중에는 전혀 말이 없는 단계로까지 진행된 과묵함과
어울리지 못했어요. 아침에 말없이 블랙커피를 한 잔
마시고는, 벌써 모든 것을 잊은 채 자신의 일에 파묻
혔어요. 학교에 가고 구내식당에서 점심을 먹고 오후
에는 도서관에서 연구를 했지요. 저녁에는 요구르트
와 버터 바른 빵으로 식사를 하자마자 바로 책상에 앉
았어요. 아마도 자신의 이른 죽음을 감지하지 않았을
까, 그리고 큰 성공을 거둔 첫 저작 이후 두 번째 저작
도 세상에 선보이고자 자신의 열정을 그렇게 불사르
지 않았을까 하고 지금 뒤늦게 그이가 스스로를 다그
쳤던 이유를 짐작해봐요. 어쨌든 그가 두 번째 저작을
선보이고자 했던 것은 완전히 이루어지지는 않았어
요. 오래전부터 후두부 근처가 아팠는데 의사에게 가
는 시간조차 아쉬워했지요. 의학적으로 그이에게 어
떤 문제가 있었는지, 그것은 공개될 성질의 것이 아니
겠지요. 마지막 두 달 동안은 병원에 누워 있었는데,

상태가 아주 좋지 않았는데도 자신의 요구로 퇴원을 했어요. 통증이 조금 가셨고, 현기증은 약간 뜸해졌으며, 원기를 어느 정도 회복했고, 기분은 더 나아 보였어요. "다 나은 건가요?" 의사에게 물어봤어요. 이 질문에 오랜 침묵이 이어졌지요. "남편분만이 단지 그렇게 느낄 뿐이에요." 외과 교수의 대답이었어요. "부인, 강해져야 합니다. 가능성 있는 모든 시술을 해봤지만, 아마도 효과가 있을 법한 수술은 이미 늦은 상태예요. 남편분에게는 단지 몇 주만 남아 있을 뿐이에요. 남은 기간이 한 달이라고도 지금은 약속할 수 없는 상황이에요."

택시를 타고 퇴원했지요. 남편은 대학 도서관 근처에 차를 세웠고, 몇 권의 책을 빌렸어요. 그러고는 집에 도착해 다시 연구에 몰두했어요. 그때는 이미 몇 년째 서로 말을 하지 않을 때였어요. 가장 필요한 이야기만을 나눴을 따름이에요. 그런데 저녁에 요구르트를 가져갔을 때, 남편이 갑자기 말을 걸었어요.

"여보, 나 좀 보오. 당신이 그 의사 교수와 이야기를 나누었소? 내 건강이 어떤지 나는 관심이 없지만, 나에게는 아직 빠듯하게 일을 해도 석 달이라는 시간이 필요하오. 그 의사 교수가 무슨 얘기를 했는지 알려주오."

'당신에게 알려주겠소' '내게 알려주오', 이게 그 사람의 말버릇이었지요. 전 잠자코 있었어요. 그 사람에게 뭘 알려줄 수 있었겠어요? 빠듯하게 일을 하더라도 필요한 그 석 달이 이미 남아 있지 않다고 말해야 했을까요? 아니면 입에 발린 말을 해야 했을까요? 결정할 수 없었어요. 시간을 조금 벌고자, 그 의사가 검사 결과들을 종합하기 위해 나를 내일 병원으로 불렀다고 거짓말을 했어요.

"그럼 내가 무엇을 어떻게 해야 할지 알 수 있게끔, 내일 내게 알려주오."

하루라는 시간을 벌었지요.

생각에 잠길 수 있었어요. 남편의 입장에서, 그리고 그 반대의 입장에서도 모든 것을 다 가정해서 생각해보고, 다음 날 그이에게 갔어요. 그러고는 사실대로 이야기했어요.

"여보, 제발, 그러니까 단 몇 주만 남았다고 생각하고 당신의 시간을 배분해봐요."

이 결정에 대해서는, 제가 생각해도 설명이 필요한 것 같아 보이네요. 남편에게는 아직 우리가 대학생이 었던 시절, 사랑의 열정이 격렬하게 불타올랐던 적을 빼놓고는 감정적인, 울분의 폭발이 전혀 없었어요. 대 학생 시절 이후 저는 그이에게서 존재하지 않았던 셈 이었지요. 이미 그 이후로 그는 단지 연구에만 관심을 보였거든요. 구조주의자의 연구 방법을 핀-우랄어에 적용하는 것에 관한 연구였어요. 저는 이 분야를 이해 하지 못했기에, 그에게 저는 존재하지 않았던 셈이지 요. 저는 예뻤을 때도 있었을 것이고, 스스로를 단정 하게 꾸미지 않을 때도 있었을 거예요. 건강했을 때 도, 아팠을 때도 있었겠고요. 친구들을 집으로 초대 할 때도 있었고, 큰 소리를 내며 놀 때도 있었어요. 라 디오나 레코드판을 크게 틀 때도 있었고요. 하지만 그 는 쳐다보지도 않았어요. 말 그대로, 저뿐만 아니라 실제로는 그의 존재도 없었던 거예요. 그의 신체 조직 은 어떤 일정한 업무를 수행하는 데 사용되는 단지 하 나의 틀에 불과한 것이었어요. 그는 원하는 것도 없었 고, 여름휴가로 해변에 가고 싶어 하지도 않았고, 크리스마스 때 성탄 트리에도 다가가지 않았어요. 그이는 자신에게 단지 몇 주만 남아 있다는 것을, 마치 책을 끝내야 하는데 필사 용지가 전국에 걸쳐 바닥난 것과 같은 위기 상황으로 이해했어요. 남편이 새벽녘까지 작업을 했던 그날 저녁, 밤늦게까지 저는 이 모든 것들을 곰곰이 생각해봤어요.

다음 날 점심식사 후, 저는 그이의 책상으로 의자 하나를 붙이고는 떡하니 앉았어요. 남편이 주의를 기울일 때까지, 두 번이나 그의 이름을 불러야 했어요. 마침내 저를 보더군요. 아주 어렵게 미리 생각해둔 말들을 꺼냈어요. 눈 하나 깜짝하지 않는 거예요. 남편의 눈은 곧장 다시 필사 용지로 향했어요. 책장을 넘기더니, 제가 계속 거기 앉아 있으니까 드디어 저를 인식했지요.

오해들은 마세요. 불평하는 건 아니에요. 발간된 이후 세 개의 언어로 번역된 첫 저작의 납본을 집으로 가져왔을 때, 저에게는 보여주지도 않았어요. 잘한 거지요. 그 책에서 단 한 문단도 저는 이해하지 못했을 테니까요. 하지만 그의 곁에서 불행했던 것만은 아니에요. 저를 폄하하지도 않았고 모욕감을 주지도 않았으니, 말하자면 무관심이 고통을 주는 것은 아니잖아요. 단지 뭔가 감정의 부족을 불러일으켰지요. 그것은 '성공'에 대한 감정인데요, 이상하게 들릴지는 모르겠지만, 이 잔인한 말들을 함으로써 저는 15년 만에 처음으로 그이로부터 '성공'을 거두었어요.

"당신의 솔직함에 감사하오." 그이는 침착하게, 온화하다고 할 수 있을 정도로 말했어요. "아마도 살릴 수 있는 원고는 이렇게 하면 더 살릴 수는 있겠소. 내가 불러주는 것을 당신이 타자기로 칠 수 있는지 얘기해주겠소?"

"그럴 수 있을 것 같아요."

"내 사랑, 당신은 정말 멋진 사람이오."

그를 빤히 쳐다봤어요. 어쩜, 그가 "내 사랑"이라고 부를 줄도 알다니! 내가 뭘 도와줄 수 있는지 물어봤어요.

3주간의 원고 작업 기간에 기초해서 공동의 힘으로 연구를 매조지할 수 있게끔 작업 분량을 나누었어요. 그이는 저의 협력으로 작업이 더욱 원활해지게끔,

이제는 저마저 이 과업으로 끌어들인 셈이지요. 다행히도 저는 두뇌회전이 빨랐기에, 쉽게 제가 맡은 일을 이해하고 곧 그 일에 익숙해졌지요. 그와 동시에 저는 17년의 결혼 생활 만에 드디어 그와 동등한 위치를 쟁취했다고 인식했어요. 타자수, 그리고 보조요원, 마지막에는 완전한 권리를 가진 동료가 되었지요. 우리는 매일 삼교대로 편성된 듯 일을 했어요. 오전조, 오후조, 야간조 말이에요. 3주면 모두 63개의 계획된 조별 업무로 구성되는, 21일밖에 안 되는 기간이에요. 물론 마지막 순간까지 남편의 의식이 뚜렷하다는 긍정적인 가정 하에서 말이지요.

남편은 죽음이 두려웠던 게 아니라 바로 이 점을 두려워했어요. 남편은 죽음과는 얘기를 나눌 가치가 없다고 다시 한 번 얘기했어요. 죽음이란 'NO'라는 대답 하나만을 말할 줄 알기 때문에, 죽음은 논쟁을 할 상대가 아니라고요.

그쯤에 이르렀을 때 남편은 원고 작업 중 쉬는 시간에 저와 이야기를 나눌 정도까지 되었어요. 예를 들면 남편의 걸작과 오늘의 그를 탄생하게 만든 남편의 성격에 대해 이야기를 나눴지만, 그이는 그 와중에도 눈곱만큼도 더는 현명해지지 않는 거예요. 그냥 하던 그대로, 무력하고 무관심하고 바보였던 그대로였지요. 유일하게 바른 행동은 소심해지지 않고 자신을 억제하는 것과, 그이 자신으로부터 가능한 것을 끌어내는 것이었어요.

그이는 실제로 그랬어요. 신장이 이식에 적합하다면 병원에 기증하려고 해부학자를 불렀어요. 합의까지 마쳤죠. 바로 그때 죽음에 대해 촬영을 하고 싶다는 한 젊은 PD가 찾아왔어요. 동의를 구할 수 있다면 여러 사람들 중 가보르의 죽음도 영상에 담고 싶다고 했어요. 남편은 아주 기꺼이 동의했어요. 여러 질문을 던지면서 방해하지 말 것과, 촬영의 기술적인 환경으로 인해 연구 시간이 줄어들지 않게 할 것에 대해서는 분명히 해뒀지요. 그 PD와도 합의를 한 거죠. 유감스럽게도 방송국은 한 주 늦게 촬영을 하게 되었는데, 모두에게 정말 유감스런 일이에요. 지금 제가 여기 이 자리에 있는 것은 제 남편이 가졌던 의도에 충실하게, 남편 대신 그이의 마지막 열흘간의 사건들을 이야기하기 위해서예요.

3주를 계획했지만 결국 남편은 그 절반도 채우지 못했어요.

제 남편의 인생 정점에서 출현한 이 병마는, 그 진행 경과에 두 가지 형태가 있다고 해요. 의사 선생님께서 예상하신 바대로 점진적으로 악화되어, 몇 주, 때로는 몇 달에 걸쳐 의식을 천천히 잃어가며 끝을 고하는 거죠. 하지만 의사들이 '급성'이라고 하는 급속한 형태 또한 있다고 해요. 갑자기 뭔가 경련이 일어나면 그게 끝인 것이죠. 이 폭발적 악화는 남편이 퇴원한 후 10일째 되던 날 저녁에 나타났고, 11일째 되던 날 저녁에 그와 함께 사라졌어요. 왼쪽 발이 갑자기 마비되었고, 곧 오른발로 전이되었으며, 거기서부터 하반신으로 퍼졌지요. 의사 선생님께서 오셔서 검사를 하고는, 침대 끝에 걸터앉으셨어요. 물론 제가 그분께 전화를 했을 때, 그이가 벌써 모든 것을 알고 있다고 말씀을 드렸었어요.

"끝인가요, 의사 선생님?" 남편이 물었어요.

"저희는 이럴 때 기적은 언제든 일어날 수 있다고

말하곤 합니다."

"저는 기적은 믿지 않지만, 절실하게 일주일이 더 필요합니다."

"마지막 순간에 우리 모두에게 일주일이 더 주어진다면 좋으련만…" 의사가 말했어요.

"구급차를 불러 병원으로 모실까요?"

"부탁이니, 그러지 말아주십시오."

"그럼 내일 오전에 다시 오겠습니다."

밤새 작업을 했어요. 연구의 마지막 장인, 책의 전반에 대한 요약과 해석 부분은 아직 형태만 갖춰진 상태였지요. 전체 필사 자료와 타자기로 쓴 30장 정도의 자료는 아직 손도 대지 못한 채 남아 있었고요. 남편은 오른팔에도 마비가 왔지만, 그때까지 그이의 사고 능력에는 아무런 문제가 없었어요. 한 순간 한 순간이 아쉬웠기 때문에 병원에 전화를 해서 아침에 의사 선생님께서 오실 필요가 없다고 알려야 했어요. 다만 진통제를 투여하기 위해 지역 보건의를 불렀어요. 그러고는 다시 일에 매달렸지요.

"만약 표제어들을 기록해두고 매 단락마다 그 내용

이 어떻게 되어야 하는지 불러주면, 당신이 마지막 장을 쓸 수 있을지 대답해주겠소?" 남편이 물었어요.

"설마 당신, 진지하게 생각하고 물어보는 것은 아닐 테지요?"

어렵다는 것은 그도 인정했지요. 커피를 한 잔 부탁했어요. 제가 커피를 끓이는 동안 발작에 가까운 화를 냈어요. 제 삶에서 처음 듣는 외침, 욕설, 저잣거리의 단어들을 내뱉었어요. 남편에 대한 존경으로, 저급했던 그 말들을 여기서 옮기진 않겠어요.

놀라운 광경이었어요. 왼팔까지 마비된 그 사람이 저주하고, 파닥거리고, 몸부림을 치는 거예요. 그리고는 아무런 움직임 없이, 차분한 몸뚱이가 세상을 향해 저주를 퍼붓는 거예요. 저도 이해할 수 없어서 단지 그대로 전한다면, 그의 병에 대한 저주도, 의사나 혹은 죽음에 대한 악담도 아닌, 약속하고 몇 주간이나 나타나지 않은 방송국 PD인 코롬 아론에게 욕지거리를 한 거였어요.

"빌어먹을 거짓말쟁이, 벌레 같은 놈! 그럼, 나를 바보로 안 거야?" 그가 소리쳤어요.

"누가 부르기나 했나? 그럼 왜 왔어? 왜 나의 죽음이 대중의 관심사라고 한 거였지? 모든 사람에게 전하는 메시지라고? 영원히 유효한 가르침이라고? 촬영하는 사람들이 으레 그렇게 하듯, 괜히 중요한 척 허풍을 떨었을 뿐이지? 왜 지금 여기 카메라를 들고 나타나지 않는 거야? 인간이 얼마나 비참한 버러지 같은지 세상이 볼 수 있게끔 말이야. 연구를 마치지 못하고 중도에 우리들이 돼지는 걸 세상에 보여주란 말이야. 우리 인간의 4분의 3은 짐승들인데 그놈도 여기에 포함된다는 걸 깜빡 잊었던 거지! 불을 발명했고, 바다를 정복했고, 페스트를 멈추게 했으며, 시를 쓸 줄 아는 것은 우리 인간들에 대한 칭찬이지만, 여기를 봐, 여기 그가, 더르버시 가보르가 있어! 일생을 바쳐 연구한 것을 끝내고자 하지만, 이제 그의 손은 펜 하나도 잡지를 못해. 게다가 사람들은 지금까지 살아왔던 대로, 더르버시 가보르가 마비되었다는 것도 모르고 계속 짐승처럼 살아가겠지. 눈을 감고, 알지도 못하고, 아무런 죄 없이 순진한 척 말이야."

손에 커피를 든 채로 저는 마치 마비된 것처럼 서

있었어요. 제 남편은 조용한 목소리를 가진, 절도가 몸에 밴 사람이었어요. 그렇게 격노한 그이와 제가 뭘 할 수 있었겠어요? 힘을 모았지요. 마치 벽을 두고 반대편 사람에게 크게 외치듯 그에게 소리쳤어요.

"말 좀 들어! 야, 커피 마시라고!"

그 짧은, 눈 깜짝할 순간, 마치 마법에라도 걸린 양, 남편은 잠잠해졌어요. 아마도 강하게 몰아붙인 말, 또는 대학교 시절 이후 한 번도 부르지 않은 '야'라는 말 때문에 그랬던 것 같아요. 남편에게는 친근하다고 해서 말을 함부로 할 수 없었어요. 조금도 흐트러진 것이 없는 사람과는 친근하게 사용되는 '야, 자'라는 말이 어울리지 않잖아요.

그이 곁으로 가서 앉았어요. 남편은 이미 커피 잔을 입으로 가져갈 수도 없을 정도였기에, 머리를 들어 올려 제 손으로 그가 커피를 한 모금 한 모금씩 마실 수 있게끔 했지요. 담배를 피우려 했어요. 그는 담배도 저의 도움으로, 제 손으로 피웠어요. 그러고는 오래된, 초연한 목소리로 말을 했어요.

"그 방송국 사람이 이것을 보지 못한 게 안타깝소."

"뭘 말이에요?"

"이렇게 담배를 피우는 것을 말이오."

"봤다면 더 편할 것 같아요?"

"조금은 더 그럴 것 같소." 그이가 얘기했어요. "게다가 내가 마비된 상태에서도 담배를 피우는 이 장면은 조금 유용했을 거라고 생각하오. 별다른 방법이 없다면, 필름에라도 이렇게 담배 피우는 모습이 남았으면 싶소."

남편의 말을 가능한 한 정확하게 옮길게요. 화를 내뱉고 난 후, 남편은 곧장 작업을 계속하고자 했어요.

"자기야, 타자기를 가져다주오. 그리고 아무에게도 더 이상 문을 열지 말아주오."

왜 이것을 옮기냐면요, 오랜만에, 그러니까 처음으로 이렇게 절 부른 것이었거든요. '자기야!'

아직 마지막 장의 3분의 1인, 18페이지 정도가 남아 있었어요. 그는 어떤 한 문장의 중간에서 멈췄어요. 숨을 쉬지 않는 것을 봤지요. 남편에게 갔을 때는 이미 심장박동이 멈춰 있었어요. 고통은 겪지 않았고, 손가락들은 이불에 축 늘어져 있었으며, 머리는 베개에 깊게 파묻혀 있었어요. 남편은 그 마지막 문장의 뒷부분과 함께 저 멀리 가버린 것이었어요.

그이가 말할 수는 없으니, 지금까지 제가 남편의 죽음의 과정을 얘기하고자 했어요. 저에 대한 부분은 이 프로그램에 적합하지 않지만, 최소한 남편의 죽음과 관련된 장면들에 대해서는 이야기를 조금 곁들였어요. 지금 결혼 생활 17년을 되돌아본다면, 마지막 열흘 동안은 제가 그이의 부인이라고 느낄 수 있었어요. 아마도 이것을 얘기한다면 시청자들께 좋은 인상은 드리지 못하겠지만, 고백하건대 저는 남편이 죽어가는 와중에 처음으로 그이와 행복했습니다.

～

친애하는 미코 부인에게!

방송국 내부 사정에 의거하여, 촬영 허가가 꽤나 지연된 탓에 약속한 일정이 훨씬 지난 지금에서야 이렇게 연락을 드립니다. 이전에 야노시 병원에서 놀라울 정도로 당신의 정신력에 대한 증거를 보이시며, 단지 촬영 의도를 이해한 것에 그치지 않고 저희의 부탁에 대해 영웅적으로 출연자의 역할을 맡겠다고 하셨던 것을 아직도 기억하시는지요? 한 학자의 미망인께서 그분 남편의 마지막 날들에 대한 소회로써 첫 번째 촬영을 이미 마쳤습니다. 그렇기에 만약 부인께서 이전의 결정에 대해 후회하고 계신다면, 그것은 저희에게는 아주 우울한 소식이 될 것입니다. 첫 촬영은 저뿐만 아니라 역할을 맡으신 분 또한 만족할 정도로 성공적이었습니다. 부인의 출연 또한 대단한 일이니, 거기에 맞게끔 촬영할 수 있도록 저희는 할 수 있는 모든 일을 다할 것입니다.

어제 담당 의사인 티서이 박사님을 뵈었는데, 그분께서는 의사의 비밀 유지가 허락하는 범위에 한해 부인의 건강상태에 대해 안내해주셨습니다. 최종적인 해결책이 마련되지 않는 한 부인께서는 부인의 모친을 손수 돌봐야 하시기 때문에, 2주 전에 구급차로 댁으로 퇴원하셨다는 얘기도 담당 의사에게 들어서 알고 있습니다. 따라서 가능하다면 부인과 부인 모친분도 피곤하시지 않게끔, 부인의 댁에서 촬영을 시작하고자 합니다.

하지만 지금은 큰 선처를 바라므로, 어쩔 수 없이 제가 나서게 되었습니다. 무슨 이야기인지 시청자들을 이해시키기 위해서, 시청자들이 앞선 상황을 알았으면 합니다. 그날 오전의 회진으로 생각합니다만, 티서이 담당 의사분께서는 모든 것을 감안하신 채, 가족의 상황을 인지한 상태에서 허심탄회하게 부인 앞에서 병의 성격과 기대되는 병의 추이를 밝히셨습니다.

만약 시청자들이 이 의사분께서 말씀한 장면을 놓친다면, 향후 발생될 사건들에 대한 연관 관계를 이해하기 어려울 것입니다. 예술을 이해하시고, 후원자이시기도 한 담당 의사분은 이미 협력할 것에 대해 약속하셨습니다. 담당 의사분과 이야기가 된 것은, 만약 부인께서 동의하신다면 구급차로 이전 병원의 병실로 한 시간 정도 모시고자 하며, 촬영이 끝나면 곧장 다시 댁으로 모셔드리고자 한다는 것입니다.

지금 제 자신을 속이고 있다는 것을 알고 있습니다. 왜냐면 '연기'를 요구하지 않는다고 약속했으므로 부인께 어떠한 연기를 하도록 바라지는 않습니다만, 그날의 일을 반복하지 않는다면, 시청자들은 부인의 병에 대해서도, 앞으로 전개될 일에 대해서도, 게다가 부인의 모친분과 관련된 문제에 대해서도 알지 못할 것입니다. '연기'와 관련해서는 얘기가 되지 않았다는 것도 알고 있으며, 더구나 쉽지 않은 일이지만 부인처럼 이해력이 높고 전후 사정을 짐작하실 만한 분이라면 부탁을 거절하지 않으시리라 희망해봅니다. 생각해보실 시간적 여유를 드리기 위해 모든 것을 미리 말씀드립니다. 긍정적인 회신을 주시리라 기대합니다.

끝으로, 부인께서 방송국과 성공적으로 계약에 합의하실 수 있도록 조치를 취했습니다. 정확히 지난번 구두로 합의한 대로입니다(첫 촬영일에 5,000포린트, 부인께서 만약 돌아가시게 된다면 부인의 어머님께 1만 포린트). 소중한 부인의 답변을 경청하고자 제가 개인적으로 병문안차 방문할 예정인 수요일에, 양측 모두의 서명이 필요한 계약서도 지참하도록 하겠습니다.

긍정적인 답변을 희망하며, 진정 존경하옵는

코롬 아론

초보 PD에게는 놀랄 만한 일들이 많이 일어난다. 카메라 앞에서 계획이 실패하고, 기대했던 모든 것은 망상에 불과하며, 어떤 것도 확실한 건 없다는 것을 아론은 아직 달리 경험해본 적이 없었다.

예를 들어 지금 이 병실에서 벌어진 일들이 그랬다. 아무도 예상치 못했던 일이 벌어졌다. 배움이 없는 노동자인 미코 부인은 침착했고, 훌륭하게 완급 조절을 하면서 알아들을 수 있게끔 얘기를 했으며, 카메라공포증, 무대공포증의 가장 작은 흔적조차도 보이지 않았다. 하지만 카메라는 대단한 문학 작품 애호가이자 미술품 소장가이며, 연극 애호가이기도 한 담당 의사를 어찌나 성가시게 괴롭혔던지, 그분은 의자에서 연신 안절부절 못했으며, 계속해서 대사를 잊어버리곤 했다. 세 번이나 처음부터 다시 시작했지만, 세 번 모두 중간에 포기할 수밖에 없었다.

"커피를 한 모금 드셔보시겠어요?" 아론이 제안했다.

"괜찮아요. 이 고비를 넘겨봅시다." 담당 의사가 얘

기했다.

"준비됐나?" 아론은 촬영 기사에게 물었다.

"준비됐어요!"

담당 의사인 티서이 박사는 전력을 다했다. 침대에 앉아 있는 아픈 부인에게 가서 그녀의 손에 자신의 손을 얹고는 가볍게 두드렸다. 그의 목소리는 여전히 떨렸으나, 이 때문에 그가 하는 말의 사실성은 더욱 부각되어 들렸다.

"그러니까 미코 부인, 당신은 정원에서 흙일을 하고 계시지요?"

"이제는 아니에요, 의사 선생님. 아프게 된 이후로 화원에서 화훼 장식과로 부서를 옮겼어요. 거기서 꽃을 묶는 일을 6주째 하고 있어요."

"직장은 어떤 곳인가요?"

"부더포크에 있는 티서비라그 화원이에요. 결혼식이나 장례식 화환뿐만 아니라 수출도 하고 있어요."

"화훼 장식과에서는, 그러니까 일이 조금 더 수월한가요?"

"일로 보면 그래요. 하지만 비행기가 출발하기 전

에 2, 3천 송이의 장미를 묶어야만 해서, 자주 야간반 일을 해야 돼요. 오후에는 벌써 빈 또는 스톡홀름에서 우리 꽃들이 진열대에 놓이거든요."

"남편께서는 외국에 거주하신다고요?"

"미국 어디엔가 있을 거예요. 20년 동안이나 그에 게서 아무 소식도 듣지 못했어요."

"자녀는 있으신가요?"

"없어요."

"그러니까 당신은, 제가 알기로는 녹내장이 있는 어머니를 부양하시는군요."

"맞아요, 의사 선생님. 제 어머니는 희미한 윤곽만 보실 수 있을 뿐, 전적으로 제게 의존하고 계세요. 제 가 언제부터 다시 일을 할 수 있는지 말씀해주세요."

"지금 그 이야기를 하려고 제가 여기 있는 겁니다. 머리시커라고 불러도 될까요?"

"네, 좋아요. 그런데 왜지요? 의사 선생님, 무슨 문 제가 있는 건가요?"

"머리시커. 놀라지 마세요."

"놀라지는 않지만 어머니는 저 없이는 사실 수 없

으세요. 제가 일을 하는 낮에, 어머니는 수프만 데우고 계세요."

담당 의사인 티서이 박사는 침대 옆에서 일어섰다. "부인, 그러니까, 지금 제 머릿속에 다음 대사가 뭔지 떠오르지가 않아요."

"무슨 시를 한 편 말씀해주시는 것이지요." 미코 부인이 기억을 도왔다.

"그래, 맞아요! 빌어먹을. 지금 처음부터 다시 시작해도 될까요?"

아론은 계속 진행하도록, 편하게 그 시를 읊도록 안심시켰다. 필요하지 않은 부분은 그가 어쨌든 촬영분에서 편집할 테니 말이다. 의사는 다시 자기가 있던 곳으로 돌아가 앉았다.

"시인을 한 명 알고 있는데, 우연히도 그는 의사이기도 해요. 우르 이더 박사라고 하는데, 그분이 이 시를 쓰셨지요.

밤이 오고, 침대에 뉘인 당신
천장을 보며 희망한다

최소한 하룻밤 동안은

희망의 찬란한 갈대들이

이 밤을 아름답게 하기를."

"너무 아름답네요." 미코 부인이 대답했다.

"머리시커, 제가 이 시를 인용한 것은, 당신께 희망을 빼앗고 싶지는 않지만, 당신 어머님의 미래를 위해 입에 발린 말을 하고 싶지도 않아서예요. 어머니를 어떻게든 돌봐야 하니까요. 그러니까 유감스럽지만, 당신은 암입니다."

"제가 암이라고요? 암은 고칠 수 없는 병인가요?" 미코 부인이 물었다.

"대개는 치료가 가능하지만, 부인의 경우엔 가망이 희박해요. 강해지세요. 신경안정제를 한 알 드리겠습니다."

"전 괜찮아요, 의사 선생님."

"그럼 한 잠 주무시겠어요?"

"잠은 오지 않아요. 전 지금, 현재의 상황에 대해 다시금 생각해봐야 할 것 같네요."

"머리시커, 당신의 정신력을 높이 삽니다. 다른 사람은 이런 경우 무너지지요. 경련이 날 정도로 울음을 터뜨리거나 거의 스스로는 정신적 충격을 제어하지 못하거든요."

"의사 선생님, 만약 어머니 혼자 남게 되신다면 어떻게 될까요? 그러니 제게 죽음은 금전적인 문제예요."

"제가 도와드릴 수 있을까요?"

"제가 아직 일을 할 수 있을지 없을지를 말씀해주세요. 만약 입원을 오랫동안 해야 한다면, 병가 수당으로는 어머니와 제가 먹고살기에 부족할 거예요."

이제는 미코 부인의 차분한 행동이 담당 의사에게도 전해졌다. 불안해하지도 않고, 카메라를 자주 쳐다보지도 않으며, 역할을 맡은 것조차 잊은 듯했다. 그는 엄격한 주의를 요하기 때문에 앞으로 일을 해서는 안 된다고 설명하면서, 오로지 환자만을 주시했다. 의사는 미코 부인에게 어머니 주변의 집안일은 수행할 수 있고, 어머니를 양로원으로 모실 수 있을 정도로 충분한 시간은 있을 것이라고 전했다.

"거의 장님이나 다름없으시니 거기로는 모실 수 없

어요."

"그러면 시각 장애인을 위한 기관은 어떨까요?"

"거기도 아니에요. 왜냐면 보실 수는 있으니까, 사람들이 어머니를 장님 취급한다면 아마도 견딜 수 없으실 거예요."

"머리시커, 당신 자신에 대해서는 생각하지 않고 오로지 타인에 대해서만 생각한다는 것은 얼마나 멋있고 용감한 일인지요." 의사는 이 부분이 대화의 끝이라고 기억했기에 이 말을 하고는 일어섰다.

하지만 미코 부인은 그의 손을 잡으려 손을 뻗쳤고, 다시금 의사를 자리에 앉혔다. 그리고 최소한 한 달만이라도 더 일할 수 있도록 해주기를 간청했다. 왜냐하면 올해 제1회 전국 화훼 장식 대회가 개최되는데, 그녀의 직장인 티서비라그 화원은 장미 분야에서 아주 강팀이었기 때문이었다. 한 달을 요청한 것은 금전적 문제 때문만이 아니라 그 대회에 미코 부인도 참여하게 되었고, 이미 출전 계획도 승인받은 터이기 때문이었다. 장미들과 그토록 씨름한 그녀가 지금 그 영광의 자리와 포상에서도 빠져야 할까?

"머리시커, 당신은 이미 노동자가 아니에요. 이 생각을 해야만 해요."

"알겠습니다, 의사 선생님."

"그 유명한 당신의 장미들을, 이제 다시는 볼 수 없을 거예요."

"못 본다면 어쩔 수 없지요, 의사 선생님."

"머리시커, 두려워 마세요. 절망에도 빠지지 마시고요. 고통은 없을 거라고 약속할게요."

"제게는 단지 어머니가 걸리고 마음이 아프네요, 의사 선생님."

"컷! 감사합니다. 다 됐어요." 아론이 중간에 끼어들었다.

어려운 역할을 이렇게 실제와 다름없이 연출해준 데 대해서 의사와 미코 부인에게 감사의 인사를 전했다. 실제 상황을 재연한 것임을 눈치 채기도 어려웠다.

미코 부인은 자랑스럽게 미소를 지었다. 방송국 사람들이 장비를 싣기도 전에 이미 미코 부인을 집으로 데려가기 위해 구급차가 도착했다.

문제는 어머니가 아론을 참을 수 없어 한 것에서 시작되었다. 어머니의 표현을 빌리자면, 무엇보다도 '출연'을 위해 약속한 금액이 너무나 약소하다는 것이었다. 더 유명하고 잘 나가는 PD라면 더 많이 지불했으리라고 생각했다. 딸은 얼마나 변변치 못한지 가격을 찔러보지도 못했다. 자신에게 출연 논의를 하도록 맡겼더라면!

하지만 촬영을 앞두고는 이보다 더 큰 어려움을 겪어야만 했다. 첫 현장 답사에서 미코 부인의 집에서는 카메라가 거의 움직일 수 없다는 것이 드러났다. 어둡고 엉성한 집단 주택을 25년 전에 둘로 나눈 곳에서 살고 있었는데, 25년간 전혀 돈을 들이지 않은 집이었다. 작은 방의 창은 외랑식 外廊式 복도 쪽으로 나 있었는데, 거기는 계속해서 사람들이 오갔다. 큰 방은 길지만 좁아서 마치 복도 같아 보였다. 미코 부인이 누워 있는, 매트리스와 받침대로만 이루어진 침대가 방중간을 가로막고 있었다. 집에서 가장 넓은 공간은 부억이었다. 여기로 나 있는 욕실은 이전에도 항상 완전한 욕실의 형태를 갖춘 적이 없어 보였는데, 벽에 단지 샤워기만 뜬금없이 붙어 있을 뿐이었다.

선택의 여지가 없이 큰 방을 재정리해야 했다. 침대를 창문 쪽으로 밀고, 옷장은 부엌으로 옮기고, 천장에 조명을 설치했다. 번잡스러운 것뿐만 아니라, 새로워진 집 안 구조 역시 어머니의 화를 돋우었다. 어머니는 오직 익숙한 환경에서만 움직일 수 있었기 때문이었다.

게다가 촬영팀들도 방해가 된다는 것을 어머니는 알게 되었다. 하지만 어머니는 가끔씩만 밖으로 나갔고, 집 안에서도 많이 움직이지는 않았다. 어머니에게 유일한 기쁨이자, 그녀가 최후의 열정을 보이는 것은 식성이었다. 화면이 모자랄 정도로 살이 쪘다. 침대로 앉히면 미코 부인을 가렸다. 결국 벽으로 밀어붙인 두 개의 등받이 없는 의자에 어머니의 자리를 어렵게 마련할 수 있었다. 어머니에게 천천히 화가 쌓이기 시작했다. 특히 아론이 어머니에게 호의를 베풀고자 하는 것이 어머니를 가장 화나게 했다.

"마치 세상에 저희 촬영팀이 존재하지 않는 것처럼 하세요. 어머님, 저희는 없다고 생각하세요." 아론이 말했다.

큰 실수였다. 불에 기름을 부은 격이었다. 차라리 금전을 지급했으니 그에 대한 반대급부를 원하는 사람처럼 이런저런 과한 요구를 했더라면, 어머니는 진정했을 것이다. 하지만 결국에는 터지고야 말았다. 모든 것을 엉망으로 뒤집어놓고, 벽을 파고, 거기다 회반죽을 발라놓고, 망치질까지 해대더니 자기들은 없다고 생각하라니? 게다가 미코 가족을 촬영하러 방송국에서 사람들이 온다는 소식이 퍼지며, 공동주택 전체를 현기증 나게 만들어놓고 말이지! 이웃들도 그들을 좋아해서, 시간이 있을 때면 사람들이 도우러 오기도 했지만, 지금은 시샘으로 감정이 언제 터질지 모를 지경이었다.

실제로 집을 둘러싸고 동요가 있었다. 주민들은 회랑식 복도에 모여들었고, 벌어지는 모든 일에 대해서 의견들을 나누었다. 첫 번째 촬영이 있던 날, 어머니가 화를 냈던 바로 그때, 갑자기 위층에 살던 집시 부인이 뛰어 들어오더니 그녀도 등장시켜달라고 했다. 머리시커가 야간반에서 일을 할 때면, 자신이 할머니의 옷을 갈아입히고 잠자리에 들게 했다며 말이다.

아론은 말리지 않았다. 카메라 앞으로 데리고 갔다.

"여기로 와보세요. 하려던 말씀을 해보세요."

봉두난발을 한 그 부인은 흥분이 되었고, 온몸이 긴장되어 거의 타오르는 듯했다. PD를 쳐다보더니, 부여잡은 손을 가슴에 대고서 외쳤다.

"나의 조국, 헝가리 만세!"

그렇게 마음을 진정시키고는 되돌아갔다. 촬영 기사는 그 부인이 나간 후 문을 잠갔다. 분위기는 완전히 엉망이 되었다. 어머니는 조용히 있었으며, 미코 부인도 마찬가지였다. 촬영팀은 일을 중단하고 한쪽 구석으로 물러났으며, 감히 무슨 말을 꺼내지도 못했다. 그날 오후는 그렇게 지나갔고, 그다음 날도 마찬가지였다. 가끔, 집안사람들이 익숙해지라고 한 번씩 보여주는 행동으로서 카메라를 켰다. 목적은 이렇게 달성되었다. 세 번째 되는 날, 촬영팀을 보려고도 하지 않던 어머니는 그들을 서서히 잊어갔다.

"머리시커야, 넌 가끔씩 앞날을 생각하는 거니?"

"다른 건 하루 종일 아무것도 생각하지 않아요."

"그럼 예를 들자면, 만약 죽고 나서는 이 집이 누구의 것이 될 거라고 생각해?"

"어머니 것이 될 거예요."

"만약 누군가가 이 에미를 내쫓는다면? 누군가 뒷줄이 든든한 사람이 이 멋진 집을 마음에 들어 한다면?"

"어머니는 주소지가 등록된 주민이라서 누구도 내쫓지 못해요."

"그걸 어떻게 알아? 모든 질문에 그냥 아무 문제없을 것이라고 말하는 게 가장 편하기 때문에 그렇게 얘기하는 것 아니야?"

"아뇨, 이미 확인해봤어요."

"누구한테서? 방송국 사람들에게 확인해봤어?"

"아니요. 저번에 저를 병원으로 다시 데려가셨을 때 병원에서 프리뇨 아저씨에게 전화를 했었어요. 전화로 지금 제 상황을 설명했고, 모든 것을 물어봤어요.

어머니는 임대주택의 합법적인 임차인이니, 이 집의 주인이라고 들었어요."

"화원에서 일하는 사람이 어떻게 임대주택에 관해 모든 걸 알 수 있겠어?"

"프러뇨 아저씨는 모든 것을 잘 알아요. 화원의 간부들과 이야기해서 어머니를 도울 거라고 하셨어요."

"지금까지 많이들 도와주었다고 말할 수는 있지. 그런데 왜 너를 화훼 장식과로 옮긴 걸까?"

"제가 너무 허약해졌기 때문이겠지요."

"그리고 네 연금이 더 줄어들기도 할 거라서 그랬을 거야."

"그것도 물어봤어요. 제가 화훼 장식과에서 일한 그 6주만을 합산하는 게 아니라, 저의 3년치 임금을 어머니의 연금과 합산해서 어머니에게 지불할 거라고 했어요. 어머니가 얼마를 받을지 정확하게 계산해서 얘기해줄 거예요."

"그걸 알면 좋을 텐데. 언제 얘기해준다고 했니?"

바로 이 질문을 던졌을 때, 초인종이 울렸다.

가끔은 촬영을 직업으로 하는 사람들보다 돌발 상

황이 더 촬영을 빛나게 해주는 경우가 있다. 촬영 기사가 문을 열었다. 마치 큐 사인을 받기라도 한 듯, 네 명의 손님이 도착했다. 부더포크에 소재한 화원, 티서비라그의 고위 간부로 보이는 프러뇨와 세 식구로 이루어진 한 가족이었다. 그 가족은 누오페르 샨도르와 그의 부인, 그리고 어린 아들이었다. 아론이 그들을 집 안으로 안내할 때까지, 그들은 환자와 카메라를 동시에 보며 눈에 드러나게 당황스러워하며 문지방에 서 있기만 했다. 가져온 짐들을 내려놓고는, 이런 경우 의무적인 친절함으로 서로 자신들에 대한 소개와 인사를 나눴어야 했지만, 아론은 이를 강하게 중지시켰다. 집을 찾은 친구들인 양 손님들에게 착석할 것을 권했고, 촬영에 참가할 것을 제안했다. 조금의 망설임 끝에 모두들 동의했다.

"시작하기 전에 우선 짐부터 풀게요." 누오페르 부인이 말했다.

부엌에 짐을 내려놓았다. 화원에서 일하는 사람들이 튀긴 닭 두 마리, 커스터드, 그리고 집에서 만든 햄을 환자에게 전했다. 과자와 디저트 케이크, 그리고 계란도 많이 보내왔다. 젊은 부인은 벌써 접시에 튀긴 닭을 담아 내어왔다. 모두들 예의에 맞게 그것을 조금씩 맛보았다.

문제는 그다음이었다. 이 좁은 공간에 어떻게든 지금 온 사람들을 앉혀야 했지만, 이리저리 해도 불가능했다. 미코 부인이 이 상황을 정리했다.

"잠시 동안은 제가 침상에서 일어나 앉아 있을 수 있어요. 침대를 접으면 여기 네 사람은 앉을 수 있고요."

그들은 미코 부인에게 가운을 건넸고, 침대를 접었다. 그 자리에 사람들이 앉았다. 잠시 옷매무새를 고치고 나서 프러뇨가 이야기를 시작했다.

"먼저 서로 소개를 하는 것이 예의가 아닐까 싶습니다. 제 이름은 프러뇨이고, 이분들은 누오페르 가족입니다. 저와 마찬가지로 티서비라그 화원에서 일하고 있습니다. 방송국에서 있는 그대로 가감 없이 머리시커를 촬영하고 있다는 소식을 듣고는 한 번 와본 것입니다. 그리고 의사 선생님이 머리시커에게 한 얘기는 본인에게서 직접 들었습니다. 저희는 얼마나 큰 충격을 받았는지 모르며, 모두 머리시커와 그녀의 가족에 대해 안타깝게 생각하고 있습니다. 그래서 직장의 부인들이 머리시커 가족의 일손이라도 조금이나마 돕기 위해 음식을 장만해왔습니다."

미코 부인은 감사해 했다.

"다음번에도 혹시 저희 직장에서 다른 사람이 방문하게 된다면 그편을 통해 보내도록 할게요. 그 밖에 임원들이 880포린트를 성금으로 보내왔습니다."

그는 책상에 돈을 내려놓았다. 어머니는 돈을 세고 나서 빈정대듯 한마디 던졌다.

"그럼 지금은 모두들 한시름 놓았겠네요."

"어머니, 들어보세요." 미코 부인이 얘기했다. "성금, 정말 감사합니다. 여쭤봐도 괜찮다면, 제 연금은 얼마나 될까요?"

"계산을 해봤어요. 매달 머리시커에게 1,800포린트가 지급될 거예요."

약간의 적막이 흘렀다. 모든 이가 계산을 해보았다. 어머니는 뭔가 얘기하고자 했으나 미코 부인이 손을 저어 말렸다.

"더 많을 거라고 생각했어요." 낮은 소리로 말했다.

"머리시커, 어쩔 수 없어요. 다른 이들의 도움이 필요한 환자인 당신의 생활비로는 충분치 않다는 것을 우리도 알아요. 혹시 가족분들이 모아둔 돈은…."

"방송국에서 받는 것뿐이에요."

"얼마 정도 되죠?"

"5,000포린트는 이미 받았어요. 만 포린트는 제가 죽고 나서 어머니가 받을 거예요."

"장례 치르는 데 쓰면 딱 맞을 정도지." 어머니가 거들었다.

"장례에 대해서는 아직 얘기하지 맙시다. 저희도 액수가 적다고는 짐작했기에 간부들이 모여서 의논을 했어요. 그러니까 이 때문에 누오페르 가족이 온 거고요. 머리시커, 이분들을 알지요?"

"물론이지요."

"그럼 이분들이 좋은 사람이라는 것도 알겠네요. 여기 어린 친구는 조용해요. 샨도르는 술을 마시지도 담배를 피우지도 않지요. 맞벌이를 하고요. 통장에는 2만 2,000포린트가 있어요."

"그럼, 그걸 우리에게 주고 싶은 거예요?"

"어머니, 들어보세요."

"곧 아시게 될 거예요. 샨도르, 우리가 왜 왔는지 자네가 얘기해보게나."

"고등학교를 졸업한 집사람이 말을 더 잘해요."

누오페르 부인이 말을 받았다.

"저희는 주택의 지하에서 살고 있어요. 비가 내릴 때면 외벽에서 물이 새서 여름에는 습기 찬 공기가 아이의 건강을 해치지요. 프르뇨 아저씨께 불평을 했더니, 아저씨께서는 마침 좋을 때 얘기를 했다며, 방 두 개짜리 아파트에 친절한 할머니 한 분이 머잖아 혼자 사시게 될 상황이라고 하셨어요. 저희에게는 딱 좋은 조건이지요. 대신 저희 통장을 드리고, 할머니의 뒤를 돌봐드리겠다는 부양 계약서에 서명을 할까 해요. 할머니께 부족한 것 없이 잘 해드리겠다고 약속하겠어요."

어머니는 누오페르 가족을 유심히 쳐다보았다. 그러고는 물었다.

"당신 남편, 혹시 집시 아냐?"

"피부가 좀 검을 뿐이지, 집시는 아니에요."

"이렇게 아주 조용하게, 내 연금을 당신 주머니로

쓸어갈 수도 있겠구먼."

"저희는 할머니의 연금과는 아무런 상관이 없어요."

"하지만 난 연금으로 나중에 집세와 전기, 그리고 가스요금 정도는 낼 수 있어."

"할머니께서는 4분의 1만 내시는 거예요. 나머지는 저희가 낼 몫이고요."

"그럼 당신들 생각으로, 내 식사 문제는 어떻게 해결할 수 있을 것 같소?"

"만약 원하신다면 할머니께서도 조금 부담하시면 돼요. 원치 않으시면 안 주셔도 되고요. 세 사람이 먹는 곳에, 네 번째 사람이 든다고 해서 큰 차이는 없잖아요."

"얼마나 마음씨가 좋아! 하지만 일이 다르게 꼬일 수도 있지. 만약 당신들이 여기서 상전 노릇을 한다면 말이야."

"따님에게 물어보세요." 대화 중간에 프러뇨가 끼어들었다. "당신 따님이 저 사람들은 믿을 만하다고 증언할 수 있을 거예요."

"제 딸내미는 이런 종류의 일들은 잘 알지 못해요."

어머니는 손을 저으면서, 면접을 보는 시선으로 누오페르 가족들을 빤히 쳐다보았다.

"요리를 동물성 기름으로 해, 아니면 식물성 기름으로 해?"

"식물성 기름으로 해요. 하지만 할머니께는 나중에 동물성 기름으로 요리를 해드릴게요."

"난 동물성 기름에 익숙해. 게다가 단것을 좋아해."

"저희가 가져온 디저트 케이크는 제가 직접 구운 거예요. 맛을 보세요."

어머니는 케이크를 천천히, 요리조리 씹으며 한 개를 다 먹었다. 또 하나를 먹었다. 또 한 개를 더 먹었다. 그다음은 마치 멀리서 들려오는 노래를 듣는 것처럼 눈을 지그시 감았다. 마침내 고개를 끄덕였다.

"다 먹을 수도 있겠지만, 그렇다고 아직 어떤 결과를 얘기하는 건 아니야. 또 예를 들자면, 애들 소음은 견디지 못해."

"저애는 아주 조용해요." 누오페르 부인이 말했다.

"너무 조용해서 탈이에요." 남편이 말을 보탰다.

그러나 말로는 어머니를 안심시키지 못했다.

"난 조용한 애도 좋아하지 않아. 그러니까, 만약 잘 지내게 되지 못한다면, 그 계약서를 파기할 수도 있어?"

"가능해요. 만약 부양의 의무를 충분히 이행하지 못한다면 말이에요." 프러뇨가 안심시켰다.

"그럼 언제 여기로 이사를 올 건데?"

"좋은 날씨가 이어지는 지금 당장 오고 싶어요. 습한 곳에서 아들 녀석이 폐질환을 앓는 것은 원치 않거든요." 누오페르가 말했다.

"하지만 우리 쪽에서 보자면 서두를 이유가 없지."

"어쨌든 우리에게 선택의 여지는 없어요. 통장을 가져오시고요, 계약서에 서명을 해주세요. 요즘의 좋은 날씨가 바뀌기 전에, 여기로 이사를 오세요. 그리고 이제 자리를 좀 비켜주시겠어요? 많이 피곤하네요, 좀 눕고 싶어요." 미코 부인이 이렇게 말하고는 두 손으로 배를 움켜쥐며 일어났다.

~

"여기서 끝내. 사회적인 결속이 인간의 죽음을 편하

게 받아들이게끔 하는 것, 그것이 우리 방송의 목적이야. 윗분들의 생각은 내가 잘 알고 있잖아. 그들에게 필요한 건 바로 그거야." 첫 번째 촬영 필름을 끝까지 보고 나서 울러릭 부장이 말했다.

"하지만 제겐 그걸로 부족해요." 아론이 말했다.

"더 이상 뭘 원하는 거야?"

"저도 모르겠어요. 이 다큐멘터리의 진행은 제가 계획할 수 있는 게 아니잖아요. 미코 부인과는 무슨 일이 일어나면 저에게 연락해달라는 것으로 일단 얘기가 된 상태예요.

"무슨 일이라니?"

"뭐긴요, 그냥 무슨 일이지요. 기적이 일어난다면 낫는 거고, 그렇지 않다면, 뭐 죽는 거지요. 모든 것이 가능하다는 건 좋은 일 아니에요? 어떤 일이 부장님의 삶에서 기다리고 있는지 모르니까, 부장님의 삶도 흥미로운 거고요."

"이 친구야, 생각을 좀 해봐. 자네는 지금 교육 프로그램을 하나 하고 있는데, 이런 모험을 왜 해?"

"제게 무슨 프로그램이 하나 더 있다고 부장님은

그러세요? 아직 등장하지 않은, 지금 죽어가는 출연자는 한 명 더 있어요."

"누군데?"

"J. 너지."

"그 작가? 그렇다면 가서 한 번 만나봐. 엄청 잘 지내고 있어."

"하지만 이미 심근경색이 한 번 있었는걸요."

"벌써 6년 전이잖아. 내가 아는 J. 너지는 나중에 침대에서 어떤 아리따운 여성에게 그의 마지막 숨결을 내쉴 거야."

"그가 다시 한 번 심장 발작을 일으킬 테니, 걱정 마세요."

"그래 좋아. 그런데 언제?"

"저도 모르지만, 기다렸다가 찍어야죠."

"야, 그만하자고."

"이미 J. 너지에게 부탁했고, 그가 출연을 약속했어요. 알잖아요, J. 너지의 말은 믿을 수 있어요."

"그건 그래."

"그럼 촬영을 못할 이유가 없는 거지요?"

여기에는 조금의 과장이 있었다. 실제로 J. 너지가 했다는 그 분명한 약속은 부다의 선술집에서, 그가 이미 약간은 취한 상태에서 한 것일 뿐이었다.

아론의 방송국 경력은 J. 너지의 리포트 시리즈물에서 조연출을 하면서 시작되었다. 둘 모두 황당한 계획들을 꾸미기 좋아하는 성격이었기에, 나이차가 많았는데도 그들은 친구가 되었다.

J. 너지는 통신병으로 전선에서 복무했다. 나중에는 전쟁에서의 경험들을《한 종군 기자의 기록들》이라는 책으로도 펴냈다. 이후 단편과 장편 소설을 썼으나, 이 작품들은 문학의 무대에서 자취를 남기지 못하고 흔적도 없이 사라져버렸다. 그즈음 라디오 방송국과 계약을 맺고는 최고의 리포터 중 한 명이 되었다. 다른 사람은 몰라도 최소한 그는, 텔레비전이 그 자신을 위해 발명된 것이라고 생각했다. 그러고는 곧장 문학을 그만두고 방송 시나리오를 쏟아냈으나, 화면에는 아주 가끔씩만 그의 작품들이 방영될 뿐이었다. 얼마 지나지 않아 그는 작품에 대한 상상력보다는 순발력 있는 아이디어가 더 많다는 것과, 현실적인 기반이 잡

혔을 때라야 그의 재능이 발휘된다는 사실을 알게 되었다. 그래서 리포트 방송과 다큐멘터리로 갈아탔다. 이제 마침내 뭔가가 되는 듯싶었으나, 사람들은 그를 이류로 취급했다. 엎친 데 덮친 격으로 살까지 쪘다. 주위에서 살을 빼라는 조언을 간절하게 했으나 먹고 마시기를 얼마나 좋아했던지 단 10그램도 살이 빠지지 않았다. 일련의 시리즈물로 배우들의 초상을 그리는 프로그램을 맡았는데, 이것이 특히 큰 성공을 거두었다. 여기에 용기를 내어 '우리의 위대한 학자들'이라는 제목의 새 시리즈물을 시작했는데, 위트 넘치는 질문자로서 학자들에게도 인기가 높았다. 하지만 그 프로그램 이후 그는 내리막길을 걷고 있었다.

일전에 J. 너지는 아론과 함께 마른 육포와 포도주만을 파는 부다의 작은 선술집을 발견한 적이 있었다. 그곳에서 이야기도 나누고, 스프리처(fröccs, 백포도주와 소다수를 섞은 주류)를 마시기도 했다. 그들은 난도질을 가해 훌륭한 시나리오를 죽인 울러릭에 대해 서로 어깨를 맞대고는 험담하기도 했다. 아주 멋진 계획들도 꾸몄다.

"나도 다큐멘터리를 한 번 찍고 싶어." 아론은 한 번 몽상에 젖어 얘기한 적이 있었다.

"뭐에 대해서?"

"우리가 어떻게 죽는지에 대해서."

"배우들과, 아니면 실제 인물들과?"

"실제 인물들이 등장해야 흥미롭겠지."

"친구야, 한 번 해봐! 끝내주는 아이디어인데!"

"J. 너지, 이건 아이디어 이상이야. 많은 것을 담을 수 있잖아. 학문, 철학, 시詩, 그뿐만 아니라 흥분되고, 일반인들이 쉽게 접근할 수 있는 주제이고."

"수백만 시청자 앞에서 기꺼이 죽고자 하는 등장인물을 찾을 수만 있다면 말이지."

"맡고 싶지 않아?"

"글쎄, 아직은. 난 훨씬 더 오래 살고 싶어." J. 너지는 웃었다.

"하지만 이미 심장 발작이 한 번 있었잖아."

"좋아! 그럼 나의 다음 심근경색은 네가 가져." J. 너지는 한 잔 걸친 사람의 호방함으로 아론의 제의에 동의했다.

"이보다 더 친절할 수는 없겠군."

약속은 이렇게 된 것이었다. 이는 몇 순배나 스프리처가 오간 후 선술집 탁자에서 나눈 얘기들이었다. 지금 촬영하는 다큐멘터리는 그 당시 아직 상상의 왕국에서나 존재하던 것이었다.

가장 확실하게 J. 너지를 찾을 수 있는 곳은 방송국 매점이었다. 항상 예쁜 여자들이 그의 주변에 있었다. 그녀들은 작가라는 직업을 가진 사람의 수작을 즐겼으며, 그의 익살에 웃음보를 터뜨렸다. J. 너지는 농담의 절정에서 만족스런 웃음을 입가에 머금고 의자에서 몸을 젖히곤 했다.

아론은 방송국 로비로 그를 불러내어 이전의 약속을 상기시켰다.

"꼭 내가 맡아야만 될까?" J. 너지가 물었다.

"응, 꼭 네가 필요해."

"저녁까지 생각할 시간을 줘."

단골집에서 그들은 만났다.

J. 너지가 말을 꺼냈다. "내가 걱정하는 바를 좀 들어봐. 지난번에 너는 시, 학문, 철학을 한꺼번에 준비한다고 말했잖아. 여보게, 친구, 그건 눈속임, 사기야. 우선 그 이유는, 우리들의 죽음은 준비되지 않은 상태에서 추하게 일어나는 데 반해, 시는 아름다움이고 작품이란 말이지. 두 번째로, 한 번의 사건은 철학이 아니라 단지 그 사건으로부터 일반화의 가능성을 가진 그 '무엇'일 뿐이야. 그러니까 이것도 맞는 것이라고는 할 수 없지. 학문은 더 아니고. 현대 물리학은 작고 민감한 실험의 측정에서 그 측정도구 자체가 현상의 진행을 왜곡한다는 사실을 간파했잖아. 달리 말하자면, 카메라 앞에서는, 마치 내 연인 어런커가 보고 있는 것과는 다르게 내가 죽을 것이란 거야. 그러니까 네 다큐멘터리가 얘기하는 학문적인 가치 또한 단지 환상이라고."

"말하자면, 약속을 철회한다는 건가?"

"단지 너의 대망을 조금 누그러뜨리고자 했을 뿐이야. 네가 보고 있는 그놈의 예술과 학문을 찍어봐. 정직한 다큐멘터리를 만들어보라고. 마치 다리를 건설할 때 스킨스쿠버들이 수면 아래에서 벌이는 일들을 보여주듯, 그런 자세로 임하라고. 문제는, 여기서는 스킨스쿠버들이 익사를 한다는 거지."

"멋진 얘기를 하는구면."

"이 말을 마음에 새긴다면, 이 세상에 아직 없었던 그런 다큐멘터리를 찍을 수 있을 거야."

"만약 그렇다면 참가할 마음은 있는 거지?"

"그때가 온다면 왜 참가하지 않겠어? 난 새로운 모든 것에 관심이 있어. 게다가 1년 반 동안 아무것도 하지 않았잖아. 울러릭은 대기 오염에 반대하는 다큐멘터리에 참가하길 원하지만, 그렇다면 차라리 죽음의 테마가 더 좋지. 그리고 모든 방송 출연은 이런 늙어가는 노출증 환자를 유혹하기 마련이야."

"난 네가 맡을 줄 알았어."

"그럼 자네가 나의 연출가가 되어주게. 내가 할 일은 뭔가?"

"당분간은 없어. 의사에게 꼬박꼬박 다니는 거지?"

"왜? 엄청나게 잘 지내고 있는데."

"심장 때문에."

"내 심장에는 아무런 문제도 없어."

"어쨌거나, 지금부터 부탁하건대 매주 심전도 검사를 해줘. 만약 조금이라도 변화가 보이면 얘기해주고."

"어이 친구, 그런 변화는 오늘내일엔 있지 않을 것 같은데."

"어이쿠, 오늘내일 그런 일이 생기면 안 돼!"

"염려 마. 그럼, 잘 지내!"

"너도!"

～

한 주가 지났다. 아무 일정이 없는 저녁나절이었는데, 아론은 스프리처 한 잔이 생각났다. 방송국 매점으로 내려갔더니, J. 너지는 없고 그의 이혼한 부인 요치크 어런커만 있었다.

"그 사람을 기다리시는 거예요?" 아론이 말을 걸

었다.

그가 아니면 누구를 기다리랴? 알 만한 사람들은 그들이 다시금 결혼을 한다는 것을 다 알고 있었다(이 말이 사실이라면, J. 너지는 결혼을 다섯 번 하는 셈이다).

"한 시간 반을 여기 앉아 있었어요." 어린커가 얘기했다. "잠시 일 분 동안 병원에 들른다며 헤어졌는데. 당신, J. 너지에게 대체 무슨 짓을 한 거예요? 말해봐요."

모두들 J. 너지를 J. 너지라고 불렀다. 이혼한 전처들은 오가는 사람마냥, 항상 머잖아 다시 그의 주위를 맴돌았다. J. 너지 자신의 말에 따르면, 그들은 사랑을 나누는 중간에도 귀에 대고 "지금 나를 깨물어줘. J. 너지"라고 말하며 가쁜 숨을 몰아쉬었다.

"친구로서의 염려로, 그저 그에게 매주 심전도 검사를 받으라고 한 게 전부예요."

"일이 벌어졌군! 그를 무슨 놀림감으로 끌어들이려는 거예요?"

"그 말씀은 듣지 않은 걸로 하겠습니다. 지금도 단지 스프리처를 그와 함께 마시고 싶었을 뿐이에요."

그녀의 불평을 끝까지 듣고 싶지 않았기에 아론은

그곳을 떠났다. 모두가 아는 바와 같이, J. 너지는 한 젊은 여배우 때문에 결혼식을 질질 끌고 있었다. 어린 커를 아내로 맞으려면 퍼프 이렌 ─ 그 젊은 여배우의 이름이다 ─ 과는 헤어져야 했기 때문이다. 저울의 추가 이리 기울고 또 저리 기울었다. J. 너지에 따르면 여자들이란 언제든 바뀔 수 있는 존재들이었다. 이렌을 어린커로 부르기도, 어린커를 이렌으로 부르기도 했다. 그는 애오라지 예술에만 전념할 뿐이었다.

코롬 아론은 매점을 나왔다. 하필 우연히도 퍼프 이렌과 함께 엘리베이터에 타게 되었다.

"이렌, 나한테 무슨 볼일이 있나?"

"당신 내장을 짓밟아버리겠어!"

"역시 내 친구 때문인가?"

"정말 친구로 여긴다면, 그분을 엉망으로 만들지 마!" 이렌은 그 말을 던지고는 내렸다.

그날 저녁 아론은 아무 생각 없이 그들의 작은 선술집에 들렀다. 그곳에 들른 건 다행이었다. J. 너지는 파라솔 아래에서, 큰 병에 담긴 포도주, 탄산수와 함께 매끈하게 대패질이 된 테이블에서 두꺼운 책을 읽고 있었다.

"J. 너지, 뭘 읽고 있어?"

"머저르와 페트라니가 쓴 《내과》라는 책이야."

"그 책은 뭘 하려고?"

"의사들이 뭘 하는지 좀 알아본다고 해가 되는 것은 아니잖아."

왜 그런지 그 이유를 설명했다.

～

그가 찾아간 첫 번째 의사는 요치크 어런커가 추천한 의사였다. 심전도를 마치자 아무런 문제가 없다며, 단지 자신을 좀 돌보라고 했다. 작가 J. 너지에게는 이 말이 딱 걸렸다. 만약 아무런 문제가 없다면, 왜 나 자신을 돌보라는 거지? 어쨌든 다음 날 이번에는 퍼프이렌의 제안으로 그녀의 담당 의사를 찾았다. 그 의사의 말로는, 검사 결과서는 안심이 되지만, 산책을 하고 수영을 하고 심장 운동이 필요하다는 것이었다. 아, 그러면 지금 자신을 돌봐야 하나, 아니면 운동을 해야 하나? J. 너지는 세 번째, 나중에는 네 번째 의사에게도 들렀다. 모두 그를 안심시켰지만, 저마다 다른 방법으로 안심시켰고, 이것이 J. 너지를 아주 혼란스럽게 했다. 최종적이고 확실한 검사를 받고 싶었기 때문에 이 의사에서 저 의사로 옮겨 다녔다. 내과 병원에서 예쁘고 군인 같은 여자 조교수에게 진찰을 받기도 했다.

프로인드 실비어 박사는 즉시 이 작가, J. 너지를 알아보았다. 텔레비전에서 '예술가들의 초상'과 '우리의 위대한 학자들'이라는 제목의 시리즈물을 보았고, 이에 걸맞은 존경으로 그를 맞았다. 철저하게 검사를 진행한 후 결과를 알렸다.

"이미 심근경색이 한 번 있었네요. 다시 한 번 더 일어나길 원치 않는다면, 담배를 끊으시고, 흥분과 과로는 피하세요."

"제가 환자는 아닌 거지요?" 작가는 과민하게 물었다.

"아픈 건 아니지만, 건강한 것도 아니지요."

놀란 얼굴을 하고 있는 사회 명사인 환자를 안심시

키기 위해 프로인드 실비어 박사는 검사 결과를 주며, 거기에 휘갈겨져 있는 것들의 의미를 세세하게 설명했다. J. 너지는 메모지를 꺼내 들고 깨알같이 기록했다. 의사가 설명을 마쳤으니 이제 기본적인 전문지식을 얻은 셈이었다. 검사 결과서를 요구하고 막 나가려하는데, 프로인드 실비어 박사가 다시 그를 앉혔다.

"거장 어른의 혈압을 다시 한 번 재보고 싶은데요."

"그냥 J. 너지라고 불러주세요." J. 너지가 부탁했다.

"그럼 그렇게 부를게요, J. 너지. 어쨌든, 혈압이 당신 나이에 비해서도 높다는 것은 꼭 말씀드리고 싶어요."

"제 나이에 비해서라니, 그건 무슨 말이죠? 제겐 나이가 없어요." 작가는 그 말에 상처받은 듯했다.

"실제로 당신은 나이를 속일 만큼 젊지만, 유감스럽게도 혈압은 그렇지 못해요. 편안하게 계세요. 조금 압박감이 있을 거예요."

처방전을 썼다. J. 너지는 병원에서 받은 서류들을 방송국으로 가져가서, 심전도 결과를 휘날리며 이 사람 저 사람에게 내보였다. 지금까지 불멸의 철인 같은 건강으로 위세를 떨쳤던지라, 처음에 사람들은 별로 심각하게 받아들이지 않았다. 사람들은 J. 너지가 농담을 한다고 생각하고는 그걸 보고 웃음을 터뜨렸다.

어련커만 그렇지 않았다. 어떻게 해서든 의사와 이야기를 하고 싶어 했다. 다음 날 둘은 함께 병원에 들렀다.

"제 혈압 수치에 대해 너무 걱정을 해서, 전 부인과 함께 왔어요."

두 여인은 서로 머리에서 발끝까지 훑어보았다. 다시 J. 너지의 혈압을 쟀다.

"높긴 하지만 걱정할 정도는 아니에요. 흥분되는 모든 종류의 일은 피해야 하지만, 어쨌든 하루아침에 나아지지는 않을 듯합니다." 의사가 말했다.

J. 너지는 이런 의사의 진단에도 불구하고 다음 날 다시 왔는데, 이번에는 전 부인이 아니라 퍼프 이렌이 동반했고, 의사는 그녀도 아래위로 유심히 살펴보았다(이렌도 마찬가지로 의사를 유심히 살폈다). 그러고는 혈압을 쟀다.

"휴, 이건 분명 어제 결과보다도, 아주 조금이지만, 더 높아요. J. 너지, 당신 약간 무리를 하는 게 아닌가요?"

"아니에요. 아마 기구가 정확하게 측정하지 못하나 봐요." 이렌이 분명한 어조로 대답했다.

의사는 거만하게 미소 짓고는 손에 기구를 들고 차분하게 작동 원리와 취급 방법에 대해 설명했다. 이에 J. 너지는 기쁨에 들떠 곧장 의료기기 가게로 내달렸다. 그 자리에서 바로 그 기구를 사서 시험해보았다. 이렌이 옆에서 도왔다. 아주 능숙하게 혈압을 측정했다.

"당신의 부인이 된다면, 매일 혈압을 측정해드릴게요. 혈압을 재러 병원으로 갈 필요가 있겠어요?"

"내 귀여운 당신, 한 번 생각해보겠소."

생각해보았다. 그리고 말 그대로 똑같은 편지를 어린커와 이렌에게 썼다. '이렇게 높은 혈압이 지속되는 한 결혼에 대한 흥분을 피하는 게 나을 것 같소. 혈압 측정은 아마 혼자서도 성공적으로 할 수 있을 것 같소. 당신에게 입 맞추며, J. 너지'

그리고 실제로, 자신의 손으로 혈압을 측정하는 데 전혀 문제가 없었던 것은 아니었지만, 누구의 도움도 없이 J. 너지는 이를 용케 해결했다.

　J. 너지는 포도주와 소다수를 곁들이며 이들과 나누었던 대화를 아론에게 전했다. 그러고는 직접 혼자서 혈압을 측정하는 능력을 보여주기도 했다.

　"봤지? 지금도 높아. 담배를 끊었는데도, 기름기 있는 음식을 먹지 않고, 커피도 마시지 않고, 결혼 때문에 내 안에서 긴장을 불러일으키던 이렌과 어런커를 만나지 않는데도 그렇네." 혈압계를 보여줬다.

　"J. 너지! 당신 건강염려증에 걸렸군!" 아론은 웃었다.

　"고마워하기는커녕! 그런데 내가 뭘 준비하는지는 자네가 제일 잘 알잖아."

　"저지방 다이어트 아냐? 내가 잘 알다니?"

　"등장인물로서 내 역할을 준비하잖아."

　"당신이 의사 흉내 내는 것은 아무도 원하는 게 아닌데."

　"극중 나의 역할을 이해하려면, 내게 무슨 일이 일어나는지는 알아야지."

　"자신을 애써 공포로 몰아넣지는 마, J. 너지."

"감상적으로 되지는 말자고. 우리는 프로잖아. 아마추어가 아니야. 예술은 자비를 모르는 거야."

"그런데 혈압은 내려갔어?"

"유감스럽지만, 아냐."

"정말? 그럼 벌써 카메라 앞에 설 수도 있겠는걸."

"카메라 앞에서 뭘 말할까?"

"그냥 머리에 떠오르는 것."

"누가 관심이나 가질까?"

"시청자들이지, J. 너지. 오늘 더 신선하고 힘 있는 모습을 보이면 보일수록, 네 죽음은 더 효과적일 거야."

"사형 선고 받은 사람처럼 날 소개하고 싶어? 무슨 놈의 PD의 눈속임이 이렇게 싸구려 같아? 밥맛없어!"

"하지만 효과적일 거야. 그리고 내일 빈 스튜디오가 있다고."

"만약 내가 죽게 되면, 나중에 내 죽음에 대해 난 할 말이 있을 거야."

"끝까지 기다려봐. 네가 얼마나 큰 성공을 거두게 될지 나중에 보게 될 테니."

"또는 못 보겠지."

"아, 그렇군."

~

"시청자 여러분, 이미 여러 번 화면을 통해 인사드 렸으니, 딱히 제 소개는 필요 없으리라 생각합니다. 아마도 '예술가들의 초상' 또는 '우리의 위대한 학자 들'이라는 제목의 시리즈물을 기억하고 계시겠지요? 하지만 지금은 '진행자'가 아니라 '게스트'로 여기 서 있습니다. 제 등장마저도 저에게는 큰 사건의 시작입 니다. 저는, 그러니까 나중에 때가 되면 여러분들이 보시는 앞에서 죽게 될 것입니다.

이와 관련된 주제로 보자면, 저는 아주 숙련된 사람 이지요. 이미 6년 전에, 아주 힘들게 심장 발작을 넘겼 을 때, 저는 이미 죽음의 저편을 한 번 방문한 적이 있 었습니다. 게다가 전장에서 종군 기자였기에, 역사에 서 가장 큰 대량학살 중 하나였던 전쟁의 목격자이기 도 합니다. 죽음의 모든 형태를 안다는 것에 감사할 따름입니다.

하지만 경험들에서뿐만 아니라 이론적으로도 저는 준비가 되어 있습니다. 제가 이 역할을 맡게 된 이후로 전문서적들을 샅샅이 뒤지고 있습니다. 그래서 감히 말씀드리는 바, 양심적으로 마지막 저의 무대를 준비하고 있습니다.

만약 제가 울부짖고, 숨이 넘어갈 듯 호흡을 몰아쉬고, 데굴데굴 구르는 모습을 시청자 여러분들께서 보신다면, 아마도 아직 텔레비전에서 발치拔齒 하는 장면도 못 보신 여러분들은 놀라서 텔레비전 수상기를 꺼버리실 것이라는 생각도 했습니다. 하지만 이런 장면을 두려워하지 마시길 부탁드립니다. 운명을 결정짓는 순간에는 자연주의자들의 외양은 생략하고서 절도 있게 행동할 것을 약속드리며, 여러분들께 이 다큐멘터리의 주제가 허용하는 한 신선한 인상을 남기도록 하겠습니다.

죽음의 침상에서 다시 뵙도록 하겠습니다."

～

  2주간 아무 일도 일어나지 않았다. 정확하게 얘기하자면, 누오페르 가족이 화원의 화물차로 미코 부인의 가족한테로 이사를 간 것이 전부였다.

  이사를 할 때 아론의 촬영 식구들도 나갔지만, 집 안으로는 들어가지 않고 거리에서 몇 커트를 찍었다. 화물차가 선다. 침구들을 아래로 내린다. 침구류가 담긴 바구니를 나른다. 길을 오가는 사람들 사이에, 플로어 램프가 보도에 서 있다. 더 많은 컷은 필요치도 않았다. 아론은 이 장면들도 단지 배경으로만 사용할 작정이었다.

  며칠 후 티서비라그 화원으로 촬영팀이 나가봤는데, 딱 맞춰 간 셈이 되었다. 모든 이가 꽃 속에 있었고, 아주 분주히 장미 박람회를 준비하고 있었다. 멀리서 자기를 내세우지 않고 겸손하게 자리하고 있는 장미 더미를 예쁘게 몇 커트 담았다. 아론은 이것 또한 밑그림 또는 배경 장면으로 의도했는데, 다큐멘터리에 담기거나 또는 그렇지 않을 수도 있을 것이다.

그리고 다시 그들은 기다릴 뿐이었다. 마침내 편지 한 통이 도착했다. 미코 부인의 헝클어진 글씨체였다.

"제 몸은 벌써 아주 약해졌어요. 당신들하고만 나눌 얘기가 있습니다. 오전에 와주시면 누오페르 가족들이 집에 없을 거예요. 어머니도 여기 안 계시게끔 어떻게 해야 하는데요."

이는 생각했던 것보다 더 쉽게 해결되었다. 어머니가 문을 열어주었다.

"당신들은 누구요? 설마 방송국 사람들은 아니지요?" 어머니가 물었다.

"저희예요."

"뭘 다시 원하는 게요?"

"할머님, 안녕하세요? 여기 밀크 초콜릿을 하나 가져왔어요. 따님과 얘기를 좀 나누고 싶은데요."

"들어가요. 딸애와 이야기를 끝내면, 나도 딸애 모르게 뭔가 얘기하고픈 게 있어요."

"그럼 부엌에서 기다려주세요."

• 하지만 이 장면은 매우 유용했다. 꽃이 장관을 이룬 이 장면은 미코 부인의 죽음과 아주 절묘한 대조 효과를 거두었다.

~

미코 부인에게 썰라미 한 자루, 통으로 된 햄, 마요네즈가 듬뿍 들어간 프랑스 샐러드를 가져갔다.

"저는 이제 이런 것들을 많이 먹지 못해요." 미코 부인이 말했다.

마르고 약해진 채, 넓은 2인용 침대에 있던 그녀는 실제로 가망이 없어 보였다. 단지 배만 커 보였다. 등을 좀 받쳐달라고 청했다.

"제가 말씀드려도 될까요?"

"저희는 촬영 준비가 되어 있어요."

"어머니에 관한 얘기예요."

"우선 자신에 대해 말씀해주시겠요? 어떠신지."

"몸은 점점 더 안 좋아져요. 유감스럽게도, 고통스럽지 않을 거란 말은 사실이 아니었어요. 밤에 수면제를 먹으면 꿈속에서만 신음하게 되지만, 낮에는 마치 배가 찢겨져 나갈 듯해요. 식사를 아주 잘 대접받고 있지만 감히 먹을 엄두를 내지 못해요. 삼키는 한 입 한 입에 배가 터지지나 않을까 두려워요. 하지만 지금

은 내 병에 대해 불평하고 싶지 않아요. 어떻게 해도
바꿀 수 없어서 그렇다는 게 아니라, 그렇게 한들 정
신적인 안정 또한 갖지 못하기 때문이에요. 이에 대해
서는 프러뇨 아저씨뿐만 아니라 누구와도 얘기할 수
없어요. 그들을 실망시키고 싶지는 않아요. 그분이 누
오페르 가족을 소개한 것은, 단지 제가 좋게 되기만을
바라서였어요. 그리고 지금은 여기 아무도 살지 않았
을 때보다 어머니가 더 걱정되는데, 여기에 대해서는
그분도 어떻게 할 수 없겠지요. 이 때문에 당신에게
편지를 썼던 거예요."

"그럼 어머니 얘기를 해볼까요?"

"잠시만요. 제가 지금 얘기하는 게 언젠가는 텔레
비전 프로그램에 나올 것을 아니까 미리 짧게, 하지만
분명히 일러둘 것이 있어요. 그들이 정말 훌륭한 사람
들이라는 거예요. 샨도르는 어머니에게 신경을 쓰고,
그 부인은 저를 돌보는 것으로 역할을 분담하고 있어
요. 유감스럽게도 저 때문에 그녀는 더 많은 일을 해
야 돼요. 제가 환자용 변기로만 용변을 가릴 수 있는
것 외에도, 가끔은 구토도 하고, 게다가 만약 구역질

이 갑자기 나기라도 하면 저를 깨끗하게 해주어야 하고, 따로 씻겨야 할 때도 있어요. 왜냐면 침구가 부족하거든요. 저희는 이 세상에서 가난한 사람들이었지만, 항상 깨끗하게 지냈어요. 그들 또한 이런 사람들이에요. 지금 당신들도 마루가 빛나는 것을 보실 수 있을 거예요. 이것 또한 누오페르 부인이 종종 늦은 저녁에 광을 냈기 때문이에요. 그 젊은 부인보다 저를 더 잘 간호해줄 병원은 이 도시에 없을 거라고 생각해요."

"저희는 어머니에 대해 얘기하고 싶은데요."

"어머니에 대해서도 물론 말씀드릴게요. 어머니에게는 8년 전에 녹내장이 왔고, 시력이 악화될수록 더욱 많은 요구를 하셨어요. 어린아이처럼 말이에요. 많은 것을 드리면 드릴수록 더 많이 갖고 싶어 하세요. 누오페르 가족이 이사 온 이후로 어머니에 대해서는 참기가 어려워요. 이전에 제가 건강했을 때는 저도 가끔씩 물건을 사러 갈 때 어머니를 모시고 갔어요. 지금은 어머니가 매일 누오페르 산도르에게 산책을 시켜달라고 하세요. 저녁에는 텔레비전 앞에 앉지만, 어머니는 단지 소리만을 들으시고 화면으로 봐야 될 부분은 샨도르가 어머니에게 말로 전해요. 어머니께서 샨도르를 거절하는 경우는 찾아볼 수가 없어요. 이미 정오부터 시작해서 어머니 말씀이 들려요. "이봐, 몇 시야, 샨도르는 왜 안 와, 무슨 일이 생긴 거 아냐?" 어머니의 앞날을 생각한다면, 그렇지요, 기뻐해야 할 일이지요. 게다가 샨도르를 실제로 신격화한다고 해도 뭐라 할 수 없을 정도로 기쁜 일이지요. 하지만 전 이미 누오페르 부인의 짐이 된 것 같아요. 제가 목이 마르면 차를 가져다주고 점심도 줘요. 왜냐면 누오페르 부인은 요리를 잘하고 식욕이 대단하거든요. 하지만 제가 먹었는지 안 먹었는지, 약을 복용했는지 안 했는지는 이미 살피지 않아요. 그리고 환자용 변기에는 손도 대지 않아요. 아마도 뭔가에 걸릴 거라고 두려워하나봐요. 그냥 여기서 모든 것이 끝나면 좋겠어요. 더 질질 끌면 끌수록 더 신음만 하고 누오페르 가족들을 혹사만 시키고 피곤하게 하는 것 같아요. 그리고 그것으로 어머니의 상황이나 기대는 악화될 것이고요. 제가 왜 어머니의 미래에 대해 두려워하는지, 충분히 이해되셨는지 잘 모르겠네요."

"맘 놓고 말씀하세요. 저희는 시간이 있어요."

"담당 의사분은 매일 오셔서 검사를 하지만 이미 아무 말씀도 없으시고, 제가 얼마나 좋고 인내심 있는 환자인지 칭찬만 하세요. 저는 이해해요. 만약 제가 눈을 감는다면 무슨 일이 일어날까만 매일 생각하고 있어요. 그렇게 되면 누오페르 가족은 어머니 문제를 책임지게 될 공동 세입자의 전적인 권리를 갖게 되겠지만, 언제까지 어머니를 감내할 수 있을까요? 퇴근한 사람에게, 일에 지친 사람에게 몸종 노릇을 오랫동안 시키는 것은 불가능하겠지요. 그러면 나중에 어머니께서 샨도르에게 환심을 사려 하는 것도 헛일이겠고요. 텔레비전 프로그램을 설명하지 않을 것이고, 산책도 끝을 고할 것이며, 평화도 깨지고, 어느 누구도 어머니를 돌보지 않을 거예요. 왜냐면 누오페르 가족에게는 어머니가 아니라, 어머니는 보기도 싫어하시는 그들의 아들이 우선이니까요. 지금은 조용하지만 분위기 속에서 태풍이 감지돼요. 곧 지옥문이 열리게 될 거예요. 지금 당신들을 부른 이유는, 제가 이미 이 세상 사람이 아닐 때, 언젠가 이 다큐멘터리를 방영할 것임을 알기 때문이에요. 그리고 모든 가족들이 여기에 앉아 시청하겠지요. 부탁인데요, 나중에 제가 어머니를 보고 얘기하려면, 몸을 어떻게 돌려서 어디를 봐야 하지요?"

"촬영 기사를 봐주세요."

"어머니, 지금 저는 어머니를 보고 있어요. 어머니 성격이 좋지 않다는 것은 잘 알고 계시지요? 누오페르 가족들과 평화롭게 지내실 수 있기를 바라요. 이것저것 고르며 까다롭게 하지 마시고요, 많은 것을 요구하지 마세요. 무엇보다 꼬마 애를 친절하게 대하세요. 아이와 이야기를 많이 하시고요, 숙제를 할 수 있도록 보살펴주세요. 그애가 어머니 손자라고 생각해주세요. 어머니는 거의 보시지 못하고, 다른 이의 도움이 필요한 분이세요. 그러니 그분들이 식사를 하는 대로 드시고요, 그분들이 하시는 것에 감사하세요. 어머니의 딸, 머리시커가 머무는 땅속에 항상 평온이 가득하고자, 저는 이것을 어머니에게 부탁하는 거예요. 여러분들 고마워요. 등 뒤에 있는 베개를 빼주세요."

할머니는 부엌에서, 지쳐서 멍한 눈으로 허공을 응시하며, 마당으로부터 퍼져 나오는 난반사된 빛 속에서 우리를 기다렸다. 100와트짜리 전구가 매달려 있었으나 켜지는 않았다.•

"할머니, 말씀 좀 해주겠어요?"

"그러니까 여기서 아직 뭘 더 말해야 된다는 거지? 주위를 둘러보라고. 사람들에게 보여봐. 전쟁의 와중에서도 이렇게 살지는 않았어. 여기 부엌에서 우리는 몸도 씻고 요리도 하고 침구도 세탁하는데, 거기다가 여기서 누오페르 가족의 그 정신병자 같은 녀석은 잠도 잔다고! 왜냐면 작은방에서 누군가 창문 앞을 지나는 걸 가지고 유령이 보인다는 거야. 애한테는 아래 돌바닥에 침대를 깔아놓아서, 눈 나쁜 나는 이미 두 번이나 걸려 넘어졌어. 그러고는 그들은 내 딸에게 불평을 하러 갔다고! 내, 당신들 눈을 빤히 보며 얘기

• 이 촬영 아이디어가 좋았다. 할머니가 세상을 보는 듯한 어슴푸레한 조명으로 이 장면을 촬영했다.

하지. 당신들, 당신들이 하는 게 누구에게 좋은지 알고 싶어. 사람들이 딱히 우리들에 대해서 궁금해 하는 거야? 지금껏 누구 하나도 우리를 생각해줬던 사람은 없었지만 어떻게든 살아왔어. 이 카메라를 여기에 맞춰놓고는 모두가 미쳐버려. 하고 싶은 것을 하는 게 아니라, 세상 앞에서 창피함을 보이지 않으려고 거짓말하고 광대짓을 하는 게지. 그 늙은 프러뇨가 이전에는 우리한테 몇 번이나 다녀갔다고 생각해? 지금 이 사람이 나타난 뒤로 텔레비전 시청자들에게 한 번 보여줘봐. 도대체 그 사람이 티서비라그 화원 사람들을 위해 못하는 일이 뭔지. 다 하는 것 같아 보이잖아. 물론, 그가 위선을 떨기 시작한 것처럼, 누오페르 가족들도 그를 따라 신이 났어. 그 아내는 마치 밤샘을 하지 않고는, 환자용 변기를 곁에 두지 않고는, 여기저기 토한 침구를 빨지 않고는 살지도 못할 것처럼 시치미를 떼잖아. 샨도르는 괜히 집시가 아니야. 내 기분을 맞추기 위해 하늘에서 별도 따주려고 할걸? 단지 나와 함께 텔레비전을 봐주고, 산책시키느라 나를 데려가고, 그리고 길에서 보이는 것에 대해서 내게 얘기를 해줘. 그 사람이 하는 대로 나도 하는 거지. 꼭 해야만 한다면, 나도 거짓말할 줄은 알아. 왜냐면 아픈 내 딸내미를 위해서 모든 것을 해야 하는 거지. 아마 서로 열정적으로 보이는 사랑에라도 빠져 있는 듯하지만, 그 사이에 또 모두는 서로 상대방과 어떻다는 것을 알고 있는 거지. 그러니까, 이것을 참을 수 있겠어? 좋아, 누오페르 가족에게도 자신들이 숨을 만한 구석이 있어야 한다는 것도 인정해. 하지만 이런 집에 집시의 손이 닿아야 한다는 생각에는 아직도 동의하지 못해. 물론 지금은 좀 누추하지만, 페인트칠을 하고, 마루를 잘 대패질해서 매끈하게 하고, 욕실에 타일을 깔고 단장한다면, 지금 당신들이 보고 있는 이 집이 천문학적인 금액이 될 거라고. 안 믿겨? 머잖아 믿게 될 테니까, 사람들에게 말들 하고 다니지 말라고. 프러뇨 그 늙은이가 한 허튼소리인 부양 계약서보다 훨씬 더 좋은 조건의 제안들이 있게 될 테니까 말이야. 어떤 여자 변호사 양반이 이 집에 대해 누오페르 가족의 통장보다 딱 두 배를 제안하고, 돈 외에도 완벽한 집수리까지 얘기를 해. 이미 두 번이나 여길 다녀갔어. 불쌍한 머리시커가 마음 아파할까봐 물론 몰래 다녀갔지. 빵도 구울 줄 알고, 요리도 할 줄 아는데, 특히 그 여자 변호사 양반의 롤케이크는 일류 빵집에서 구운 것과 같더군. 그리고 가장 중요한 것은 애가 없어. 둘만 여기 있다면, 그 변호사 양반이 마치 둘째 딸 같을 텐데 말이야."

"하지만 할머니께서도 부양 계약서에 서명하셨잖아요."

"변호사도 그걸 봤어요. 관심 있는 사람으로서 참견하기는 싫지만, 파기할 수 없는 계약은 없다고 말하더군."

"그럼 누오페르 가족들을 내쫓으려 하세요?"

"우선은 그 사람들에게 통장을 되돌려주고."

"그건 할머니한테도 달갑지 않은 일일 텐데요."

"문제만 일으키는 바로 당신들이 날 가르치려는 거야? 손놀림 좋고, 부지런하고, 장미에 대해서는 아마 식견이 있겠지만, 돈이 뭔지에 대해서는 전혀 모르는 내 딸내미를 당신들이 차라리 그냥 죽도록 내버려뒀으면 좋았을 텐데 말이야. 처음부터 개 수입은 항상 내가 관리해왔어. 뭔가 사야 될 때는 무엇을, 어디에서, 얼마를 주고 사야 하는지 나에게 항상 물어봤다고. 이러는데 당신들이 1만 5,000포린트로, 게다가 그 늙은이 프러노는 집시의 통장과 함께 왔으니, 불쌍한 우리 애가 정신줄을 놔버린 것도 당연하지. 마침내 그 애가 죽은 이후에도 엄마인 나에게 문제를 일으키는 것을 보여줄 수 있겠군! 자 그러니, 지금은 딸내미가 행복해지라고 나도 그냥 놔두는 거야. 하지만 관에 흙이 덮이면, 이 일은 내가 접수해야지. 그리고 그때, 이 우아한 집은 최고가를 치르는 사람의 집이 될 거야. 아, 그때가 빨리 온다면 좋으련만!"

"할머니께서는 따님의 죽음을 원치 않으시는 거지요?"

"살아 있을 때까지는 평온이 있기를 바랄 뿐이지. 죽음 이후의 일은 이제 내 일이야. 당신들 입에 오르내릴 일이 아니라고."

"저희는 듣고 있지만, 할머니께서 말씀하신 것은 텔레비전에 방영될 거예요."

"장례 이전에?"

"한참 지나서죠."

"그럼 내 비밀은 더 이상 비밀이 아닐 텐데 뭐."

"솔직한 말씀 감사드립니다." 아론은 이 말을 하고, 촬영 기사를 향해 뒤돌아보았다.

말할 필요도 없었다. 카메라 램프는 꺼졌고, 부엌의 100촉짜리 전구가 갑자기 예리한 불빛을 그녀의 어머니에게 쏟아부었다.

～

미코네 가족들과 헤어지고, 방송국으로 오는 길에 수신처를 티서비라그 화원으로 하여 누오페르 샨도르에게 전보를 보냈다. 다음 날 일과를 마친 후 방송국에서 촬영팀을 찾으라고 부탁했다.

누오페르는 왔으나, 카메라 앞에 서달라는 아론의 부탁에는 놀라며 거부했다. 왜 그의 부인에게 말하지 않았을까? 배운 사람이 그래도 대중 앞에서 용감하게 설 수 있을 텐데 말이다. 어쨌든 얘기 중간에, 누오페르 가족에게 긴급히 돈이 필요하다는 것을 알게 되었다. 가구가 다 갖춰진 집에서 살다가 미코 가족에게로 이사를 해서, 집 안에 필요한 가구를 들여야 했다. 삐걱거리는 중고 가구들을 그리로 옮기긴 했으나 그래도 2,500포린트의 빚을 낼 수밖에 없었다.

아론이 이 금액을 제안하자 누오페르는 역할을 맡겠다고 했다. 그는 촬영 준비가 되어 있지 않았고, 더군다나 작업복을 걸치고 있는 것을 문제 삼았다. 아론은 그것은 중요하지 않으며, 오히려 더 낫다는 말로 그를 안심시켰다.

～

"누오페르 샨도르 씨, 시청자들에게 환자인 미코 부인을 돌보는 일이 당신에게 짐이 되는 것은 아닌지에 대해서 말씀해주시겠어요?"

"계약서에 서명했을 때, 저희도 그 점을 생각하지 않은 건 아니었어요. 더군다나 사실을 이야기하자면, 이렇게 인내심 있는 환자일 거라고는 바라지도 않았지요. 저희만 돕는 것이 아니라, 그분도 저희를 돕고 있어요."

"그분이 여러분을 돕는다고요?"

"말씀드리자면, 저희에겐 학습이 부진한 저희 애와 함께 있을 시간이 없어서, 그분이 저희 애를 도와줘요. 머리시커는 고통에도 불구하고, 애가 학교에서 집에 오면 숙제를 봐줘요. 그 이후로 학교 성적이 향상되었어요. 제게 직장 일은 별로 중요하지 않지만, 아이는 제 모든 것이에요. 만약 머리시커와 영원한 이별을 하게 된다면, 저희는 아주 절망에 빠질 거예요. 그 이후에 어떻게 될지, 거기에 대해서는 아내와도 얘기를 나누고 싶지 않네요."

"그러면 저희에게 얘기해주세요. 혹시 어머니와 관련된 얘기인가요?"

"그래요. 하지만 아마 시청자들은 흥미로워하지 않을 거예요."

"어머니와는 어떻게 지내는지 말씀해주시겠어요?"

"처음에는 좋았어요. 저희가 어머니와 관련된 문제를 잘못 봤다는 것도 사실이에요. 왜냐면 눈이 거의 보이지 않는 할머니에 관한 문제이니, 서로 이해하면서 지내는 게 좋다고만 생각했기 때문이지요. 한동안은 좋았지만, 이후 문제들이 생기기 시작했어요."

"예를 들면요?"

"말을 꺼내는 것조차 그분께 죄송스러운데요."

"누오페르 씨, 하지만 저희는 관심이 있어요."

"먹는 걸로 시작되었어요. 그분은 약간 무겁고 양념이 들어간 음식들과 단것을 좋아하세요. 구야시gulyás, 소고기 스튜, 롤케이크를 원하시지만, 아마 PD선생님께서도 이해하실 거예요, 환자가 있는 집에서 두 가지 요리를 한다는 것은 불가능하거든요. 불쌍한 우리 머리시커가 우유 섞은 푸딩, 스튜 스프, 콩 스프를 몇 스푼 먹으면 저희는 거기에 기뻐했어요. 저희도 물론 그것을 먹었지만, 할머니는 저희 사이에 앉으시고는 큰 빵을 잘라 기름을 듬뿍 칠하고, 소금을 흩뿌린 채 열광적인 얼굴을 하고서 무척이나 잘 드시는 거예요. 또는 통조림을 가져오라고 해서는 데우지도 않고, 직접 숟가락으로 양철 통조림 속을 가득 채운 양배추 요리를 드시는 거예요. 그걸 보는 게 언짢기는 하지만 이런 작은 짜증에는 어느 누구도 뭐라 하지 않았어요."

"그럼 어떤 것이 문제였나요?"

"제 아이의 관점에서만 모든 걸 주시하는 것에 대해서는 저도 어쩔 수 없네요. 다른 사람의 도움 없이는 지낼 수 없는 어머니께서 자신의 친딸을 대하는 모습을 보면, 나중에 그분이 제 아들과 단 둘이서만 지내게 될 때 어떤 일이 일어날지 상상이 가거든요."

"어머니가 자신의 딸을 등한시하나요?"

"환자 주변에는 일들이 많아요. 저희는 아침에 집을 비우고 저녁에 돌아와요. 어떻게 모든 일이 제 아내의 몫이 될 수 있나요? 불쌍한 머리시커는 이미 누군가가 씻겨줘야 해요. 어머니도 좋지는 않겠지만, 이 일을 하실 수 있을 거예요. 그런데도 손도 대지 않아요. 단지 점심식사만 데우시고는, 약을 복용해야 되는 것은 잊어버려요. 그리고 환자용 변기도 침대 밑에서 악취를 풍기고 있어요. 그분은 자신의 딸도 사랑하지 않는다고요. 믿어주세요. 만약 할 수만 있다면, 어쩌면 그분은 딸의 죽음마저도 서두를 분이에요."

"어머니가 그렇게 악한가요?"

"고등학교를 다녔던 제 아내는, 그것은 악한 게 아

니라 복수라고 설명했어요."

"복수요? 누구에 대해서요?"

"제 아내 말로는, 보이는 모든 것에 대해서요. 아내의 말을 빌리면, 할머니는 항상 저항이 가장 약한 부분을 공격한다고 하는데, 한 번 보세요. 지금은 그분의 딸이 줄에 서 있고, 나중에는 저희 아들이 그 줄에서 희생의 순서를 기다리겠지요. 예를 하나 들어보자면, 이미 두 차례나 발로 걷어찬 적이 있어요."

"저희에겐 우연히 그렇게 된 거라고 하시던데요."

"그건 저희가 더 잘 알아요. 그러니까 오후에, 우리 애가 침대에 누워 있고, 부엌은 아직 밝을 때였는데, 할머니는 녹내장에 걸린 눈으로도 사람의 형태는 알아볼 수 있어요."

"왜 말씀하지 않으셨어요? 상황을 분명하게 하는 게 서로에게 도움이 될 텐데요."

"머리시커가 살아 있을 때까지는 입을 열지 않을 거예요. 고분고분하게 그분께 얘기를 하고 텔레비전을 보고 그분과 산책을 하며, 눈에 보이는 예절은 지키는 거죠. 만약 PD선생님께서 오신다면 아마도 미코 가족들에게는 모든 날들이 멋진 축일이라고 믿으실 텐데, 저에게는 초인적인 노력의 대가예요. 주로 제 아들 녀석의 행동이 바뀐 이후에는 더 그래요."

"아드님에 대해 어떤 인식을 하게 되신 거죠?"

"최근에는 마치 사람이 바뀐 것처럼 행동해요. 노는 것도 싫어하고, 웃음소리도 들을 수 없고, 깜짝깜짝 놀라고, 식욕도, 잠도 없어요."

"할머니께서 뭘 어떻게 하신 것일까요?"

"집사람은 할머니를 탓해요. PD선생님, 제 아들 녀석은 정신적으로 강하지 못해. 2년 전에는 학교 성적이 좋지 않아서 자살을 시도했어요. 14살짜리가 말예요! 그래요, 아스피린 10알을 복용한 게 전부였고 곧 토해냈지만, 어쨌든 정신과로 데려갔지요. 거기서 우리 머릿속에 각인된 것은 꾸중하지 말자, 칭찬만 하자, 아들에게는 기쁜 감정이 필요하니 뭐든지 북돋아 주도록 하자는 거였어요. 물론 그 이후로 응석을 받아 주었죠. 하지만 나중에 할머니와 갇히게 되면 이 집에서 무슨 일이 일어나게 될지 누가 알겠어요? PD선생님, 저희는 소름끼치는 상황에 놓여 있어요. 저희에게 그 집은 삶의 문제이지만, 저희 삶보다 더 가치로운 것은 저희 아들 녀석이에요."

"혹시 나중에 문제가 이렇게 되면 어떻게 하시겠어요? 그러니까, 집이냐 아이냐?"

"거기까진 미처 생각하지 않았어요."

"생각지 않다니요. 지금까지 내내 그것에 대해 이야기하셨잖아요."

"글쎄요, 모르겠어요. PD선생님, 믿어주세요. 저는 평화를 사랑하는 조용한 사람이에요. 맥주도 한 병 이상은 마시지도 않고, 게다가 남들에게 손찌검 한 번 한 적 없어요. 하지만 아이에 관한 것이라면 얘기가 달라지겠지요. 제 아들 녀석에 대한 것이라면 용서라는 말을 모르겠지요."

"그 말씀은 무슨 뜻이죠?"

"만약 제 아이가 뭔가 해를 입게 된다면, 그러면 제가 죽일 겁니다."

"지금 말씀하시길, 아직까지 누구에게 손찌검 한 번 하지 않았다고 하셨잖아요."

"하지만 그렇게 되면 끝장이에요. 손에 뭐가 잡히

든, 그걸로 그 늙은이를 때려죽일 거예요."

"그럴 만한 이유가 생기지 않기를 바랄게요, 누오페르 씨."

"그런 일이 있어선 안 되겠지요. 아직 질문이 있으신가요?"

"없어요."

"그럼 가게 문이 닫히기 전에 가볼게요. 밀크 초콜릿 하나를 사드리고 싶네요."

"누구에게요?"

"할머니에게요. 사람은 자신의 아이를 위해서라면, 불가능한 것도 시도해보잖아요."

"부디 좋은 결과를 거두는 시도가 되었으면 해요, 누오페르 씨."

～

J. 너지는 갑자기 흔적도 없이 사라졌다. 그를 마지막으로 본 퍼프 이렌은 그가 병원에 입원을 했었고, 3일간 검사를 받았다는 것만 알고 있을 뿐이었다. 그

녀가 직접 J. 너지를 차로 병원에 데려다주었다. J. 너지가 병원으로 들고 간 물건 중 잠옷과 슬리퍼를 제외하고는 의료 서적들과 의료 전문 잡지가 그녀의 눈에 띄었다. 다른 사람들도 그가 이후 2주 동안 살아 있다는 징후를 보이지 않은 것을 이미 눈치 채기 시작했다.

방문이 허락된 두 번째 주의 어느 날, 이렌은 훈제 통닭과 마요네즈에 절인 감자 한 접시를 챙겨 병원을 방문했다. 하지만 프로인드 실비어 박사는 길을 막고 서는, J. 너지가 방문을 허락하지 않는다는 말과 함께 이렌이 가져온 음식을 건네받았다.

방송국에는 비밀이 없다. 다음 방문일에는 요치크 어런커가 오븐으로 자신이 직접 구운 애플파이를 가지고 병원에 갔다. 그녀는 애플파이를 건네받은 오후 당직자에게까지만 다가갈 수 있었을 뿐, 당직 간호사는 어런커에게 더 이상은 허락하지 않았다.

이 소식도 널리 퍼졌다. 게다가 소문들은 살에 살이 덧붙여진 채 돌고 돌았다. 아론에게는 J. 너지가 아론의 다큐멘터리에 등장하는 환자가 되었고, 이미 병원에서 임종의 날만 기다린다고 전해졌다. 이에 아론은 자리를 박차고 녹음기, 3리터의 싸구려 와인, 같은 양만큼의 탄산수로 무장하고서는 의사의 방을 노크했다. 실비어는 아주 차갑게 아론을 맞았다.

"헛걸음 하셨군요. J. 너지는 방문객을 받지 않아요."

"그 말을 당사자에게 직접 듣고 싶습니다."

"자리에 앉으세요." 실비어가 얘기했다. "커피를 한 잔 끓일게요, 그리고 얘기를 좀 해요."

둘은 앉아서 커피를 마시고 전혀 우호적인 기색 없이 서로를 쳐다보았다. 그 여의사는 곧 공격을 가했다. 준비하고 있는 다큐멘터리에서 J. 너지가 역할을 계속 맡아서는 안 된다고 그녀는 요구했는데, 촬영과 관련된 흥분이 그의 건강을 해치기 때문이라고 했다. 말하자면, J. 너지는 그의 나이 또래에서 흔한 일은 아니지만, 이 역할을 맡도록 상황이 몰리기 전인 지금까지는 죽음에 대한 생각을 하지 않았다고 했다. 하지만 그 이후로, 그는 역설적인 상황에 맞닥뜨렸는데, 그에게 영면이 삶의 목표가 되어버린 것이다. 한편으로는 심리적인 영향으로, 다른 한편으로는 신체적인 이유로 혈압도 높아졌다. 몇 주간의 치료를 통해 이를 평상시

수준으로 제어하는 데는 성공했지만, 이와 동시에 이번에는 순환기 장애가 발생했다. 전문용어로는 최소 ST-분절상승이 그의 가슴 3번, 4번 분절에서 나타나는데, 문외한들의 언어로 말하자면, J. 너지의 심전도는 나쁜 징후를 보이는 여러 변형들을 보여주고 있다고 했다. 만약 이것을 막는 데 실패한다면, 심근경색의 가능성과 맞닥뜨려야만 할 상황이라는 것이다.

"그분은 물론 여기에 대해서는 모르세요. 당신의 분별력을 믿어도 될까요?"

"물론입니다, 염려 마세요. 저는 단지 그와 스프리처를 마시고 싶을 뿐이에요."

실비어는 그마저도 허락하지 않았다. J. 너지의 머릿속에 다큐멘터리를 떠올리게 하는 모든 것은 해를 끼치는 것이다. J. 너지는 병원에 단지 검사를 받으러 왔으나, 이 여의사의 권유에 수긍하며 계속해서 여기에 머물렀다. 벽들 사이에서 자신이 보호받는다고 느꼈기 때문이다. 오랜 친구들의 경우, 그들 속에서 죽음을 상기시키는 그 무언가를 보이기에 그는 그들을 피했다. 그러니까 J. 너지는 자신을 방어하기 위해 누구의 방문도 허락하지 않은 것이다.

"지금 심전도는 평상시와 같은가요?"

"그건 그렇게 빨리 움직이는 게 아니에요."

"그럼 환자에게 제가 왔다는 것만이라도 알려주세요." 아론이 청했다.

"그것도 허사예요."

"포도주 세 병과 소다수를 가져왔다고 알려주시겠어요?"

"당신은 이 환자가 그것들 때문에 정신적 평온을 팔 것이라고 생각해요?"

"당신보다는 더 오랫동안 그를 알아왔어요."

여의사는 감정이 상한 듯 밖으로 나갔다가, 감정이 더욱 상한 듯 되돌아왔다. J. 너지는 기꺼이 아론을 만나겠다는 메시지를 전했다.

침상 네 개가 있는 병실에 책들로 성을 쌓아놓은 채 그는 혼자였다. 의자를 편히 놓을 수 있도록 한 무더기의 책을 쓰러뜨렸다.

"녹음기를 가지고 온 게 보여."

"녹음기를 켜면 방해될까?"

"방해되긴. 단지 먼저 스프리처나 한 잔 마시자고."

~

카세트테이프*

"아론, 내가 출연자로서 의무를 안다는 것을 미리 얘기해둘게."

"녹음으로 네 주의를 뺏으러 온 것은 아니야."

"단지 명확히 해두려고. 내 역할을 철저하게 맡으면 맡을수록, 드러나는 정황들을 더 분명하게 볼 수 있잖아."

"그럼 좋아. 난 벌써 네가 내 앞에서 도망간 걸로 생각했어."

"정반대야. 내가 여기서 네 앞에 나타난 것이지. 우리의 목표를 달성하기 위해서 병원보다 더 나은 작업 공간은 없어. 여기에서 얼마나 잘 지내는지, 한 발짝

---

* 이 대화를 요약하여 이후 다큐멘터리의 후반부인 J. 너지의 장례식 장면에서 효과 음향으로 사용했다.

도 나가기가 싫어."

"J, 너지, 병원에서 살고 싶은 거야? 몰라봤는걸."

"병원에서 살고 싶은 것이 아니라, 삶으로부터 떨어져 있고 싶다는 거지."

"아직 그럴 시간은 아냐. 혈압이 떨어졌다는 얘기를 들었어."

"그러니까 혈압은 눌렀는데, '다행히' 심장 박동이 엉망이 되었어. 실비어는 내가 처음에 그녀에게 갔을 때 실시한 심전도 검사 결과를 벌써 잊어버렸어. 그러니 말이 돌지 않도록 조심해줘. 여기를 한 번 봐. 이게 내 마지막 검사 결과서야. 헝가리 말로는 ST-분절상승의 가슴 3번, 4번 분절이라고 하는데, 여기에서 첫번째 종이 울리지. 내가 계산한 바로는 2~3주 남았어. 내가 말하는 이유는 거기에 너의 시간을 맞게 배분하라는 거야."

"J. 너지, 난 네가 낫게 된다면 더 기쁠 거야. 그렇지 않아도 방송국에선 다들 내가 널 죽음으로 몰아넣는다고들 해."

"거짓말이야. 가서 방송국 사람들에게 전해. 내가

병원에 머무는 이유는 그쪽 사람들 꼴도 보기 싫어서라고 말이야. 마침내 내게 딱 맞는 일을 찾았는데, 지금 그 냄새나는 방송국에서 내가 찾을 게 뭐가 있겠어? 보따리장수마냥 자신의 능력을 여기저기 다니며 풀어헤치던 이전의 나로 남아달라는 거야? 거기서 나의 선택은 무엇이겠어? 이렌을 아내로 맞을까? 아니면 다시 어런커를? 그리고 울러릭에게 붙어서 그의 호의를 구할까? 그걸로 됐잖아. 충분해. 나는 빛을 향해 떠났다고 그 사람들에게 얘기해줘. 마침내 예술을 위해 살고자, 해진 슬리퍼를 벗어버리듯, 나 자신으로부터 벗어났다고. 멋진 작업에 필요한 모든 것이 여기에 있어. 음식 있지, 묵을 거처도 있지, 포도주, 탄산수, 게다가 담당 의사까지 있지. 눈치 챘는지 모르겠지만, 그 담당 의사는 마릴린 먼로의 가슴과 빼다 박은 가슴을 가졌다고."

"엄격한 네 담당 의사가 이미 네게 빠졌다고 이해해도 돼?"

"그럼 이렇게 얘기하자고. 예술혼을 뒤흔드는 그 작은 온화함, 그녀는 나에게서 그것을 거두어들이지 않는다!"

"제발 부탁인데, 이제 그 상투적인 애정극은 그만하자고. 너에게 문안 가는 것을 원하지 않던데?"

"이보게, 그녀는 나긋하기까지 하구먼. 만약 일이 다르게 진행된다면, 마누라 삼아야겠어."

"어쨌든 내 생각에, 너에게는 모든 것이 다 갖춰져 있다고 봐."

"이론적으로 갖추어야 할 모든 것이 있기는 하지. 하지만 혼자서는 해결할 수 없는 몇 가지 실제적인 문제들도 있어. 해결해주겠어?"

"뭐가 필요한데?"

"둘러봐. 이 병실이 우리의 스튜디오가 될 거야. 넓고 밝고 이상적이지. 단지 문제가 되는 것은 아래 1층에 응급실이 있는데, 그곳은 의료 장비, 기구들, 그리고 마지막 길을 걷고 있는 환자들로 가득 차 있어. 아래로 내려가서 한 번 봤어. 거기서는 촬영을 못할 것 같아."

"그럼 어디에서 촬영을 해?"

"지금 우리가 있는 여기. 이 병실을 어느 정도 임시

변통해서 응급실로 개조만 하면 그만이지. 몇 가지 장비만 필요할 뿐, 그 외에는 어떤 것도 필요 없어."

"좋아, 그렇게 해볼게. 그 몇 가지 장비라는 것은 뭐지?"

"전화기."

"만약 이미 너에게 빠져 있다면, 너의 그 담당 여의사가 줄 테지."

"바로 그게 문제인데, 그녀에게 약간은 질투심이 있단 말이야. 그리고 외부 세계에서 날 격리하고 싶어 해. 내가 부탁하는 것을 적어봐. 무엇보다 이렌에게는 내 타자기를, 어린커에게는 전화기를 가져다줘. 그리고 타자기 본체에서 내부를 꺼내고, 거기에 전화기를 넣는 거야. 그러고는 여기 수위실에 내 이름으로 맡겨 놓는 거지. 타자기 한 대는 눈에 띄지 않아. 이렇게 한 뒤에 무슨 일이 생기면, 내가 연락할게."

"전화기는 가지게 될 거야. 하지만 내가 어떻게 네게 갈 수 있지? 머릴린 먼로, 내 생각엔, 그녀는 네가 맡는 이 다큐멘터리의 역할을 시기할 텐데."

"그녀를 여기로 불러줘. 내가 얘기를 해볼게."

"먼저 한 잔 마시는 건 어때?"

"좋지."

"건배!"

"건배!"

~

두 번째 테이프

"실비어, 부탁인데, 우리 대화를 테이프로 녹음하면
안 될까?"

"그렇게 하세요. 어느 누구 앞에서도 전 비밀이 없
으니까요. 사람들이 제게서 뭘 원할까요?"

"단지 당신의 허락만을 원하지. 저 젊은 PD인 내
친구가 나에 대해 다큐멘터리를 촬영해."

"알아요, 하지만 다큐멘터리의 주제에는 당분간 관
심을 갖지 않겠어요. 왜냐면 제가 당신을 맘에 들어
하든 그렇지 않든, 저는 당신을 치료할 테니까요, J.
너지."

"나중에 흥미로울 때가 있을 거야."

"그때까지는 아직 한참 남았지요. 게다가 병원은 연극 무대가 아니에요."

"우리는 연극 놀이를 하자는 게 아니라, 학문적인 내용의 다큐멘터리를 만들어보자는 거예요. 당신의 병원에서 그런 다큐멘터리를 찍는 거예요. 학문의 진일보를 말이에요."

"그렇게 말씀하시니 훨씬 더 멋있게 들리네요. 하지만 저희는 여기서 환자들을 치료하고, 반면에 당신들은, 제가 잘 알고 있다면, 죽음을 다큐멘터리에 담으려고 하잖아요. 왜 다른 것도 아닌 그런 주제를 선택했는지 이해가 안 돼요."

"왜냐면, 실비어, 죽음에는 하나의 전형이 없잖아요. 죽음이 어디선가 우리를 기다리고 있다는 것만 알 뿐이에요. 하지만 우리를 기다리는 죽음과는 달리, 우리는 그걸 마치 어둠 속으로 뛰어드는 것처럼 생각하고 있다는 거예요. 우릴 도와줘요. 어두운 곳에 빛을 만들어내자고요. 텔레비전 시청자들에게 죽음은 인간의 일이라는 것을, 그렇기에 죽음을 죽음이라는 이름

으로 부를 수 있게, 이해할 수 있고 묘사할 수 있게 해
보자는 거예요."

"그럼 제가 할 일은 뭐죠?"

"우리에겐 예쁜 여자가 한 명 필요해요. 당신의 아
름다움은 성체성사의 빵과 같아서, 우리 시청자들로
하여금 쓴 약을 그대로 삼키게끔 하죠."

"수작 걸지 마세요. 저는 의사예요."

"바로 그게 필요해요. 당신은 프로인드 실비어의 역
할을 맡고서, 당신의 환자 한 명과 그의 마지막 길까
지 같이하는 거예요."

"미리 말해두겠어요. 전문적인 질문들에 대해 간섭
하는 것에는 참지 않겠어요."

"아무런 방해 없이 당신이 본연의 일을 할 수 있도
록 하겠다고 약속해요. 그럼 맡으시는 거죠?"

"제 교수님의 허락을 얻어야만 해요."

"그분께는 방송국에서 공식적으로 요청을 할게요.
아론, 들었지?"

"제가 처리할게요."

"당신은 정말 멋진 여자예요, 실비어. 나중에 우리

가 함께 일할 수 있다면 정말 멋질 거예요. 아론, 고마워. 녹음기는 꺼도 돼."

～

아론을 보자 울러릭의 얼굴이 환하게 밝아졌다.

"드디어 어린 친구 자네를 보게 됐군. 모든 것을 다 마쳤다고 보고하러 왔겠지. 모두들 성격이 급하다고. 왜 다들 나만 보채는지."

"촬영 마감까지는 아직 한참 남았는데요."

울러릭의 얼굴이 금세 어두워졌다.

"언젠가 한 번은 끝내야 할 일이잖아."

"아, 그럼 좀 도와주세요."

"뭘 해야 하는데?"

"모든 것이 얘기되어서, 촬영 관계자들을 급히 다 그칠 수 있는 상황이에요. 병원의 담당 교수와 얘기를 하고, 촬영 허가를 요청해주세요. J. 너지의 병실을 응급실로 촬영할 수 있도록 시설을 갖춰주도록 말이에요. 이 다큐멘터리가 드디어 완성되도록, 병실이 최신의 진료 설비로 갖춰지도록 한 번 애써줘요."

"뭐 더 필요한 것은 없어?"

"아주 작은 게 하나 있어요. 오늘 오후에 국제 장미 박람회가 열리거든요. 촬영 기사를 한 명 거기로 보내주세요. 약 5분 분량의 자료면 되고, 그 5분 분량을 나중에 이야기하면 저녁 뉴스에 내보낼 수 있게 해주세요."

"알았어, 그건 처리하지 뭐. 촬영한 걸 조금 볼 수는 없을까?"

"나중에 다 되면 보여드릴게요."

"대충 짐작하자면 그때가 언제쯤이나 될 것 같아?"

"'언제'라는 그 말, 그 말은 제 짐작 속에 등장하는 말은 아니에요."

"하지만 윗분께 뭐라고 말씀은 드려야 한다고."

"J. 너지가 이미 순환기 장애를 앓고 있다고 그분들께 전하세요."

"그것도 뭔가 말할 거리는 되네."

존경하는 주임의사 선생님!

이렇게 다시 예술지상주의자인 선생님의 크나큰 지원을 기대하며 연락을 드리게 되었습니다.

가장 최근에 미코 부인을 찾아 뵈었을 때, 저희 환자분의 기력이 완연히 떨어졌다는 것을 알 수 있었습니다. 만약 이것이 사실이라면, 저희는 마지막 장면의 촬영을 준비해야 할 것 같습니다. 이에 대해 선생님의 적극적인 협조를 부탁드립니다.

이미 미코 부인은 참여할 수 없었으나, 그녀가 얼마나 정성을 기울였는지를 생각하며, 장미 박람회 현장에서 짧은 리포트를 준비할 수 있었습니다. 만약 그녀가 이 리포트를 볼 수 있다면, 이로써 임종을 앞둔 이에게 마지막 기쁨을 줄 수 있을 것입니다.

미코 부인의 병환에 대해 저는 그 진행을 알지 못합니다만, 의사로서 선생님께서 그녀의 생명이 언제까지 연장 가능한지를 알 수 있는 그 결정적 시점이 조만간 오리라고 생각합니다. 저녁 뉴스가 시작되는 저녁 7시 30분에서 8시 사이에 이 마지막 순간이 오게 된다면, 저희에게는 이것이야말로 가장 이상적일 것입니다.

이 리포트는 오후에 편집됩니다. 장미 박람회 개막에 관한 리포트 방영을 위해서는 아무리 늦어도, 저녁 6시까지는 환자의 임종에 대한 정보를 알아야만 합니다. 6시 이후에는 중요한 외교 사건에 대한 프로그램을 보도국에서 편집할 예정입니다.

그러니, 만약 상황의 변화가 생기게 된다면, 아무리 늦어도 저녁 6시까지 내선번호 676번으로 알려주시기를 부탁드립니다. 이 부탁은 다큐멘터리의 제작을 위해서이기도 하지만, 제 생각으로는 미코 부인께서 이보다 더 아름답게 살아 있는 주변분들과 헤어질 수는 없기 때문입니다.

진심 어린 당신의 안내를 기다리며,
존경하는
코롬 아론

존경하는 연출가 선생님!

무례한 당신의 편지를 갈기갈기 찢어버렸습니다. 의사의 윤리가 심각하게 훼손당한 것을 참을 수가 없습니다(부탁의 형식으로도 안 될 것들입니다).

게다가 전문지식이 없다는 것도 변명이 될 수 없습니다. 치료에 대한 저의 맹세, 즉 생명의 연장은 의사의 의무라는 것을 당신은 아셔야 합니다. 당신 연출가의 생각에 따라 저녁 뉴스 시각에 맞춰 제 환자의 임종을 조정할 수는 없습니다. 따라서 당신의 요청은 아무것도 없었던 일로 치부하겠습니다.

하지만 불쌍한 미코 부인의 상태가 위독하게 되었다는 것은, 유감스럽지만 당신의 말이 맞습니다. 내일을 넘길 수 없을지도 모른다는 것이 안타깝기만 합니다. 다큐멘터리의 진정한 지원자로서 여기에 주목할 것을 말씀드립니다. 만약 드라마의 진행을 다큐멘터리에 담고자 하신다면, 준비하십시오. 환자의 일가친척들에게는 이미 앞서 안내한 바 있습니다.

안녕히 계십시오.

내과 주임의사 티서이 박사

~

오전

"여보게, 당신들 자진해서 그냥 온 거야?"

"잠시 한 번 들러보자고 생각한 것뿐이에요."

"주임의사가 얘기한 게 아니었어?"

"아니에요, 정말 아니에요. 우연히 이 근처에 일이 있었어요."

"의사가 얘기했다고 생각했는데."

"잘못 생각하신 거예요."

"만약 여기에 있을 거라면, 나중에 담당 의사와 만나들 봐. 그 사람은 요즘 매일 우리 집에 오니까 말이야."

미코 부인의 목소리는 마치 중간에 사그라드는 듯

했다. 얼굴에는 뼈와 가죽만 앙상했다. 이미 사자死者의 가면을 쓰고 있었다. 그럼에도 그녀는 지난번보다 더욱 굳건하게 말했다.

"부인, 기분은 어떠세요?"

"먹지도 않고 잠만 자요. 기운이 다 빠져버렸어요."

"아직도 통증이 심한가요?"

"몸이 좀더 긴장되고 팽팽하다고 느껴지는 게, 제 생각으로는 더 강한 약을 주시는 것 같아요. 하지만 여기 집안 분위기가 나아져서 그런지, 그런 고통에 대해서는 좀더 편해진 것 같아요."

"언제부터였나요?"

"며칠 되었어요. 제가 불평을 많이 했었는데, 그렇지요?"

"그 이후로 뭐가 변했나요?"

"많은 것들이요. 저를 거의 돌보지 않으시던 어머니는, 예를 들면 매일 아침 저를 씻기고, 차와 레몬즙을 만들어주세요. 약을 가져다주시고 음식도 먹여주시지요. 8년 전 녹내장이 왔을 때, 저는 이런 말로 어머니를 안심시켰어요. '어머니, 지금부터 제가 어머니의

눈이 되어드릴게요.' 그리고 상상해보세요. 이 말이
지금 어머니의 머리에 떠오른 거예요! 지난번에 저에
게 말씀하시기를, '너는 내 눈이고, 나는 너의 다리야.
필요한 게 뭔지 말만 해.' 이런 걸 지금껏 들어본 적 있
으세요? 그리고 중요한 것은, 누오페르 가족들과 더
이상은 불화하지 않으신다는 거예요."

"이것도 최근에 알게 되셨나요?"

"그래요. 가장 알맞을 때에 그렇게 된 거죠. 그분들
도 어머니의 비위를 맞추기 위해 많은 노력을 하고 있
어요. 샨도르는 다섯 개의 밀크 초콜릿으로, 그 부인은
콩 수프와 양배추로 싼 훈제 갈빗살 요리로 어머니의
허기를 채워주고 있어요. 한번은 어머니가 감사해 하
시는 말씀도 들을 수 있었어요. '착하기도 해라. 내 입
에 딱 맞아.' 저에게도 이렇게 친절하게는 말씀하지
않으셨어요."

"이로써 부인이 안심하셨으면 하는 바람입니다."

"좋을 때 오셨어요. 아마도 마지막 순간인 것 같아
요. 지금 여기가 마지막인 것 같지만, 죽음이 두렵지
는 않네요."

"진심으로 하시는 말씀인가요?"

"진심이에요."

"어떻게 두렵지 않을 수 있지요? 말씀하시기 싫다면 대답하지 않으셔도 돼요."

"괜찮아요, 얘기를 나누는 것은 아무 문제도 아니에요. 솔직히 말씀드리자면 죽음보다는 제 몸이 관 속에 갇히고, 그 위로 관 덮개가 닫힌다는 생각이 더 두려워요. 죽음과 관련하여 좋지 않은 건 단지 이거예요."

"왜인지, 그 이유를 설명해주실 수 있으세요?"

"항상 제 주변에 사람들이 있기를 바라왔어요. 낮에는 화원 사람들과 함께, 저녁에는 어머니와 집에서 한두 명의 사람들과 함께 말이에요. 누군가와 같이 있는다는 건 좋은 거예요. 하지만 관 덮개가 닫혀버리면 끝인 거지요."

"그 말씀에 따르면 부인 옆에 아무도 있지 않을 것이라는 게 가장 큰 손실이라고 생각하신다는 거지요?"

"정확히 그 말을 하려고 한 거예요."

"혼자 살고 싶지 않으신 건가요?"

"살고 싶지 않아요. 하지만 사람들 속에서 기쁨을

많이 누렸던 건 아니에요. 6년간 남편과 함께 살았는데, 좋지도 나쁘지도 않았지만 항상 함께였어요. 남편은 56년 부다페스트 혁명 때 거리 전투에 참가하게 되었고, 기관총을 들고 집에 오곤 하더니, 이후 국경을 넘어갔어요. 그이는 자유유럽방송을 통해서 직접 자신이 미국으로 갔다는 소식을 전했어요. 그 후로는 전혀 남편의 소식을 듣지 못했기 때문에, 그이가 자유유럽방송을 통해서 도대체 누구에게 자신의 미국행을 전하려 했는지 모르겠어요. 그 이후 어머니에게 눈병이 왔고, 그것도 받아들여야만 했어요. 그리고 누오페르 가족들이 여기에 살러 오신 것도 그랬고요. 제가 바꿀 수 있었던 것은 하나도, 아무것도 없었어요. 지금 이곳의 상황, 이것 또한 받아들여요. 그러니까 당신들의 질문에 대해서는 이것이 제 답변이에요."

"저희들의 어떤 질문에요?"

"제가 두려워하는지, 아닌지 하는 질문 말이에요. 그러니까, 아니에요. 지금의 저와, 이후의 제가 모든 것에 있어서 서로 다를 건 하나도 없었어요."

"그렇다면 기꺼이 기억하고자 하는 뭔가 기뻤던 일

들은요?"

"머리에 떠오르는 게 하나도 없어요."

"예를 들면, 프러뇨 아저씨의 말씀으로 봐서는 화원에서 당신을 아주 높이 평가하는 것 같던데요."

"그렇긴 해요. 왜냐면 언제 어디서 이런 바보 같은 사람을 다시 만나겠어요? 그들이 해야 한다고 얘기하면, 그 일은 깨끗하게 처리되곤 했지요."

"그럼 장미를 좋아하지는 않으세요?"

"그 질문을 해주셔서 정말 고마워요. 장미는 너무 좋아하죠."

"장미에 대해서 저희에게 뭔가 얘기해주세요."

"장미에 대해서요? 뭘 얘기할까요?"

"잊어주세요. 바보 같은 질문을 한 것 같군요."

"바보는 당신이 아니라 저예요. 제가 기억하는 바로는, 장미와 함께 있었지만 장미에 대해 아는 바는 단지 장미보다 더 예쁜 꽃은 없다는 거예요."

"고마워요. 저희에게는 그 말씀으로 충분합니다. 쉬고 싶지는 않으세요?"

"약간 피곤해요. 하지만 촬영에 필요하다면, 아직은

더 얘기를 할 수 있어요."

"아니에요, 눈을 조금 붙이도록 하세요. 저희 둘이 여기 있으면 방해가 될까요?"

"방해가 된다니, 무슨 말씀을요."

"조용히 할게요. 편안하게 숙면을 취한다고 생각하세요."

~

오후

미코 부인은 이내 잠이 들었다. 그들은 구석으로 물러나 앉아서 기다렸다. 시간은 흘러갔으나, 누구도 감히 말을 꺼내지도 담배를 피워 물지도 않았다. 가끔 어머니가 들어와 그녀의 얼굴을 보기 위해 딸에게 아주 가까이 고개를 바짝 붙였다가 다시 나가고는 했다. 이미 어두워졌을 무렵, 누오페르 가족이 집에 도착했다. 그들 역시 어떤 소음도 내지 않았고, 부엌에서 미등만 켤 뿐이었다. 아주 조용했다. 잠든 이를 깨우지 않으려는 듯, 버스마저도 숨죽여 다니는 것 같았다.

조금 시간이 흐른 후 벨이 울렸다. 미코 부인이 깨어났다. 촬영 기사가 문을 열기 위해 문 쪽으로 갔다. 병원에서 온 그대로, 하얀 가운을 입은 채로 담당 의사 티서이 박사가 도착했다. 검사를 하는 몇 분간 의사는 사람들이 현관에 머물도록 방에서 내보냈다.

"저녁 뉴스 장면만은 놓치지 말자고!" 아론이 말했다.

"아직 20분 남았어요." 촬영 기사가 그의 시계 숫자판을 반짝이며 시간을 확인하더니 안심시켰다.

티서이 박사가 그들을 불렀다. 그들은 다시 방으로 들어갈 수 있었다.

"준비를 하세요. 나도 여기에 머무르겠소." 그가 속삭였다.

미코 부인은 잠들지 않았으나, 얼굴을 그들 쪽으로 돌리지도 않았다.

"여기 누가 계세요?" 거의 들리지 않을 정도로, 핏기 없는 목소리로 물었다.

"방송국 사람들이 있어요."

"어머니와 누오페르 가족을 불러주세요. 모두들 여기 계시고요."

"즉시 불러올게요. 그리고 허락하신다면, 텔레비전도 가져올까 하는데요." 아론이 자리를 비우며 말했다.

"텔레비전을요? 저는 텔레비전을 본 지 오래되었어요."

"뭔가 흥미로운 프로가 있을 수도 있으니까요."

"흥미로운 것이라고요? 저에게요?"

텔레비전을 가지고 왔다. 침대를 마주하고 있는 의자에다 설치했다. 촬영 기사는 어머니를 모시고 와서 자리에 앉히고는, 미코 부인의 시선을 가리지 않으려고 다시 어머니를 일으켜 세워 다른 곳에 앉혔다. 누오페르 가족은 문가에 서 있었다. 누오페르 부인의 눈은 눈물에 젖어 있었다. 촬영 기사는 구석으로 한 걸음 물러났다.

"준비됐어?"

"시작해도 좋아요."

"그럼 지금 텔레비전을 켤게요." 아론이 말하고는 텔레비전을 켰다.

그들은 텔레비전 뒤에 섰다. 방송되는 소리만 들어도 화면에서 무엇이 나오는지 그들은 알 수 있었다.

아직도 홍수에 관한 뉴스다. 모래주머니로 둑을 강화했다. 아랍의 노숙자들에 관한 뉴스, 연합 전구電球 공장의 새로운 생산라인에 관한 뉴스, 학술원 회의에 관한 뉴스가 이어졌다. 그리고 마침내! 신께서 다시 한 번 더 시간을 조율해주신다면!

"파견된 동료가 보고합니다. 부더포크에서는 제1회 국제 화훼 장식 및 장미 박람회가 개최되었습니다."

미코 부인 쪽으로 최대한 가까이 카메라를 가져갔다.

"하느님 맙소사!" 그녀는 이렇게 말하고는 머리를 들어 올렸다. 그녀의 눈은 화면을 직시했다. "이럴 수가, 이 사람들은 우리잖아요. 좀 일으켜주세요."

의사가 안아서 상반신을 일으키고는 베개를 두 겹으로 접어 등 뒤에 댔다.

"당신들도 봤어요?" 미코 부인이 물었다. 그녀의 목소리는 철에서 녹을 닦아낸 듯 청아했다. "저 사람은 프르뇨 아저씨잖아요. 저 많은 국기! 그리고 여기 있네요! 아, 장미들! 저건 머르기트 섬에서 온 메피스토예요. 화면에 잘 잡히지는 않았지만 저건 프랑스 남부에서 온 '진홍색의 기사騎士' 딜보흐고요. 저것도 머르기트 섬에서 재배하는 분홍색의 차르다시예요. 저건 노란색 플라멩코. 미스티리움은 안은 하얗지만 밖은 빨갛게 변해요. 휴, 왜 이렇게 화면을 잘 잡지 못했어요? 저건 캐나다의 '대양의 진주'인데, 노란색에서 적포도주 빛깔로 변해요. 그런데 이 꽃도 실제로는 훨씬 더 예뻐요. 저기 독일 본에서 온 '신新 유럽'도 있네요. 저기 있는 것들은 모두 스웨덴 품종이고, 우리들 것은 저기에 보이네요. 치트로넬라와 '요정 공주'! 저분은 칸토르 부인인데, 우리 작품은 '빈사의 백조'라는 이름으로 전시회에 출품될 것이라고 우리끼리 이야기까지 마쳤어요. 하지만 지금 화면에 보여주는 것보다 훨씬 더 예뻐요. '빈사의 백조'는 모든 것이 새하얗지만, 옆구리 부분에 '붉은빛 칵테일' 터멍고가 있어요. 그건 내가 생각해낸 거였어요. 백조의 상처 부분에 피처럼 붉은 점이 하나 있어야 한다고 말이에요…. 어느 팀이 상을 받았나요? 우리 팀 아니에요? 프러뇨 아

저씨는 어디 있어요? 수상자는 왜 안 보이죠? 만약 내
가 저기 있었다면 상을 받았을지 누가 알겠어요? 이
제 끝이네요. 조금 더 잘 찍어주시지 그랬어요, 하지
만 이렇게 볼 수 있어서 좋았어요. 고마워요, 여러분
들. 고마워요, 의사 선생님. 고마워요, 저는 괜찮아요.
고마워요, 이젠 더 이상 필요한 게 없어요."

주임의사는 정맥주사를 놓았다. 이번에는 사람들
을 방 밖으로 내보내지 않았다. 환자는 눈을 뜨고 있
었다. 이불이 올라갔다가 내려갔다. 그녀는 아직 살아
있었으나, 생명이 이미 어딘가로, 마치 임신한 부인의
배처럼 커져버린 그녀의 배로 가는 듯, 그렇게 떠나기
시작한 것 같았다.

의사 티서이는 앉았다. 카메라가 돌고 있었다. 누구
도 움직이지 않았다. 완전한 침묵만이 감돌았다. 순간
의 흐름이 느려졌다. 촬영 기사는 아론을 쳐다보았으
나 그는 얼마나 길든지 이 고요함이 지속되도록 카메
라를 끄지 말라는 손짓을 했다.*

---

* 나중에 티서비라그 화원에서 촬영한 영상을 이 부분에 편집해 넣었다.
영상에는 어떠한 음향도 넣지 않았고, 마치 벙어리마냥 사람들은 소리 없

사람들을 오랫동안 기다리게 한 후 미코 부인이 입을 열었다. 말이라기보다는 한숨이었다.

"어머니를 방 안으로 불러주시겠어요?"

"여기 있어, 머리시커. 뭐가 필요해?"

어떤 대답도 없다. 주임의사가 환자의 맥박을 짚어보았다. 아직 숨을 쉬고 있었다. 호흡을 통해 간신히 목소리가 나왔다. 그녀는 눈을 뜨고 있었다. 천장을 응시했다. 아론이 앞으로 다가왔다.

"조금의 힘이라도 있다면, 어머니에게로 몸을 돌려보세요."

미코 부인은 천천히 머리를 돌려, 아무도 머무르고 있지 않은 방향으로 향했다.

"누오페르 샨도르도 여기 있어요?"

"여기 있어요." 누오페르가 낮게 대답했다.

"어머니의 손을 잡아주시겠어요?"

"그녀 옆으로 가서 앉으시고, 카메라를 보세요." 아

이 다니며 입을 뻥긋했다. 그 와중에 화면에서는 끝없이 펼쳐진 장미 더미들을 여기저기 보여주었다. 이 이중의 고요는 마치 세상이 침묵한 듯 서로 어울렸으며, 이 다큐멘터리의 가장 멋진 부분이 되었다.

론이 속삭였다.

큰 소리는 환자에게 해라도 되는 듯, 모든 이들이 이제는 속삭일 뿐이었다.

누오페르는 어머니 옆으로 가서 앉았고, 두 손으로 어머니의 손을 감아쥐었다.

"두 사람은 함께 계시는 거죠?" 미코 부인이 물었다.

"함께 있어." 어머니가 말했다.

"당신 어머니의 손을 잡고 있어요." 누오페르가 말했다.

"머리시커, 우리가 보이지?" 어머니가 물었다.

대답은 없었다. 잠시 동안 아무런 일도 일어나지 않았고, 깊은 한숨이 환자로부터 새어나왔다.

"죽었어!" 어머니가 통곡소리를 냈다.

담당 의사는 미코 부인의 맥박을 짚고는 머리를 가로저었다. 아니다. 아직 아니다. 아직 살아 있다. 하지만 아론은 본능이 "지금!"이라고 이끄는 것처럼 벌써 촬영 기사에게 손짓을 하고 있었다. 화면에 잡히지 않도록 그는 벽을 따라 문까지 걸어갔다. 촬영 기사가 뒤따랐다. 거기서 아론은 침대 쪽으로 향했다. 마치 틈을 갈라서 둘로 나누는 쐐기처럼, 누오페르 부인을 아들로부터 떼어내고, 샨도르를 어머니로부터 떼어냈다. 복도에서 카메라는 천천히 그를 뒤따랐다. 그러고는 미코 부인의 얼굴 아주 가까이에 카메라가 멈췄다.

아론의 본능은 훌륭했다. 담당 의사는 미코 부인의 손을 풀었고, 일어서서 고개를 연신 두 번 끄덕였다. 죽음이 일어난 것이었다. 죽음에는 어떠한 두려운 것이나 무서움을 일으키는 것도 없었다. 두 눈이 감겼고, 고개를 떨구었으며, 이불이 더 이상 들썩거리지 않았다. 그 밖에 다른 것은 없었다. 마치 한 문장이 끝나는 지점인 듯, 미코 부인의 감은 눈에서 화면이 멈추었다.

～

장례식은 궂은 날 오후에 있었다. 낮게 깔린 검은 구름 탓에, 낮의 어둠이 도시를 뒤덮었다. 이 조명이 어쩌면 장례식의 분위기를 고조시켰는지는 모르겠으나, 촬영에는 도움이 되지 않았다.

공동묘지에 있는 장례식장 앞에 얼마나 많은 사람들이 모였던지, 아론의 촬영팀은 다른 장례식에 온 것으로 착각할 정도였다. 이 많은 친척, 친구, 지인들이 미코 부인에게 있다는 것은 거의 불가능한 것일 터였다. 마침내 혼잡한 틈을 비집고 공동묘지에 있는 장례식장까지 사람들이 힘겹게 걸어가는데, 검은 상복 차림의 한 노인이 말했다.

"당신들 여기 잘못 온 것 아니에요? 여기는 우리 화원에서 꽃을 묶는 사람의 장례식이에요."

"미코 부인 아니에요?"

"그렇긴 한데요."

"그럼 맞게 찾아온 거예요."

그들이 찾아간 것은 방해가 되었다. 남녀를 불문하고 어른들은 피했지만, 어린이들만이 카메라 앞에 용감하게 얼굴을 내보였다. 미코 부인은 개신교 신자였다. 장례식이 시작되었다. 아직 많은 망자의 장례를 맡지 못한 젊은 목사는 카메라 앞에서 무대공포증을 느꼈다. 목소리는 높았다 낮았다 불안정했으며, 마지막 부분에서는 거의 쉰 목소리로 변했다.*

관 역시 장미들 아래에 파묻힐 정도였다. 얼마나 장미가 많이 있었던지, 장의차 뒤로 또 한 대의 차량에 장례 화환과 영정 화환들이 실렸다. 검은 장례 베일을 쓰고 있어서 다른 때보다 더 앞을 볼 수 없는 할머니를 아론이 장지까지 모시고 갔다.

"화면에 나는 등장하지 않게끔 촬영을 해." 할머니가 청했다.

"할머니, 왜 다른 사람들이 보는 걸 원치 않으세요?"

"왜냐면 울음이 안 나오잖아. 동네사람들에게도 말이 돌 거야."

실제로 울지 않았고, 프르뇨 아저씨가 장례식의 송사送辭를 하는 중에도, 흙더미가 관을 덮을 때도 울지 않았다. 하지만 관에 덮이는 흙더미 소리에 부인들은 울음을 터뜨렸으며, 그 자리에 있던 남자들 또한 훌쩍거렸다. 카메라 렌즈는 천천히 움직이면서 파노라마를 보여주듯 모든 사람들의 얼굴에 머물며 한순간 한

• 이 부분은 사용하지 못할 부분으로 생각했다. 다행히 바로 옆 장례식장에서 멋진 목소리의 가톨릭 신부님께서 장례 미사를 집전하고 있었는데, 여기서 1분가량을 촬영했다. 이렇게 개신교도인 미코 부인은 가톨릭 장례를 치르게 되었는데, 최소한 장례식의 고별사는 이해할 수 있게 된 셈이었다.

순간을 포착했다. 마치 이 화원 노동자들의 모든 슬픈 표정들을 한데 엮기라도 하듯. 그러고는 속도감 있게 카메라를 무덤으로 돌렸다.

"거기에 카메라를 고정시켜!" 아론이 촬영 기사에게 말했다. 촬영 기사는 한곳으로 카메라를 근접시켰고, 꽃 무더기 위로 천천히 원을 그리며 돌았다.

장미 옆에 장미. 두 송이의 장미 사이에 세 번째 장미가 숨은 듯 가려져 있다. 그리고 또 많은 장미들이 한데 어울려 있다. 그리고 또 한 송이 장미. 다시 한 송이. 다시 한 송이. 다시 한 송이. 또다시.

"됐어." 아론은 촬영 기사에게 말했다. "이 다큐멘터리가 어떻게 될 거라고 생각해?"

"끝내줄 것 같아요." 말수가 적은 촬영 기사가 대답했다.

～

장례식에 참석한 사람들이 돌아간 이후, 아론은 어머니를 찾았다. 그녀는 뚱뚱한 몸으로, 검은 장례 베

일을 하고서는 홀로 그 무덤가에 서 있었다.

"저희는 차로 왔어요. 할머니를 저희가 집으로 모셔다 드릴까 싶은데요."

"그렇게 해줘요. 당신들이 보는 바와 같이, 나를 생각해주는 사람은 이제 아무도 없네."

큰 덩치 때문에 그녀는 차에 겨우 탈 수 있었다. 출발할 때부터 도착할 때까지 그녀는 차에서 내내 이야기를 했다. 길었던 장례식 동안 배가 고팠기에 그녀는 기름종이로 싼, 소시지가 들어간 간단한 샌드위치를 먹었다.

딸에 대해서도 몇 마디를 했다.

"모든 사람을 믿었어, 불쌍한 것. 생전에 하던 그대로 죽음을 맞이했어." 지금도 어머니는 자신이 믿고 싶은 것만 믿고 있었다.

프르뇨 아저씨의 장례식 송사에 대해서는 다음과 같이 얘기했다.

"우리 딸내미를 얼마나 칭찬하던지! 하지만 내가 물어보지 않았더라면, 장례 지원금을 횡령했을 거야."

장례식에 참석한 사람들에 대해서는, "전 화원에서

모두 모였더랬어. 앞서는 우리 딸내미에게 죽도록 일만 시키더니, 이제는 하찮은 그들의 장미가 우리에게 보상이 될 것으로 믿나봐."

그리고 이제 누오페르 가족들에 대해서는, "당신들도 봤지? 모두들 검은 옷을 입고 있었어. 집시처럼 검은 머리카락을 하고 있으니까, 머리는 검게 염색하지 않아 다행이야. 울기도 했다고. 하지만 어떻게 울지 않을 수 있었겠어? 집시는 원할 때는 언제든 울 수 있다고. 아마도 기쁨의 눈물이었을 거야. 그들이 앞을 잘 내다봤다고 생각했을 테니 말야. 하지만 당신들에게 내가 말할 수 있는데 말이야, 그들은 하나하나 실수를 했다고 생각하게 될 거야. 머리시커가 죽은 지 6일이 지났는데, 그때부터 '어머니, 어머니' 이 말은 자취를 감춰버렸고, 자기들 아이밖에는 아무것도 없는 거야. 당신들의 이해를 돕자면, 그 아이는 살려고 태어난 게 아니야. 자살을 이미 한 번 시도했는데, 그 이후 혼자 있을 수가 없는 거야. 게다가 이건 우리끼리 얘긴데, 그 아이에 대해 나쁜 얘기는 않겠으나, 만약 걔가 방에서 공부를 하면 나는 부엌으로 가버려.

놀려고 나를 뒤따라오면 나는 다시 방으로 가지. 나는 반은 장님이나 다름없는 늙은이고, 누가 내게 무슨 소리 해도 나는 마치 들리지 않기라도 하는 듯, 소리 없이 이 집에서 어슬렁거린다고. 내가 지금은 어떤 것으로도 입증해보일 수 없지만, 종국에 계약을 파기하는 사람은 내가 아니라 그들이 될 거야.

집에 데려다줘서 고마워. 당신들은 많은 문제들을 일으켰지만 나쁜 사람들은 아니니까, 크리스마스에 즈음해서 점심식사에 한 번 초대하지. 당신들은 보게 될 게야. 욕실이 마련되고, 집은 단정하게 페인트칠이 되어 있을 게야. 당신들이 항상 걸신들려 있다는 것은 아니니까, 고기로 채운 양배추 요리와 집에서 만든 초콜릿을 층층이 쌓아 만든 스테파니아 케이크를 준비하도록 하지. 그 여자 변호사가 이걸 아주 잘 만들거든. 그리고 만약 나한테 좋은 사람들로 남고 싶거든, 그날 점심 후에 딸내미 묘지로 나를 데려다줘. 불쌍한 머리시커, 그때는 이미 영면할 수 있겠지. 다 왔어? 내리도록 도와줘! 어이쿠, 보다시피 이런 작은 차는 나한테 맞지 않다고. 잘 지내, 자네들. 다큐멘터리가 성공했으면 하네."

~

다음 날, 방송국에는 메시지 하나가 아론을 기다리
고 있었다. 울러릭이 급하게 그와 얘기를 하고자 했
다. 좋지 않은 예감이 아론을 사로잡았다. 예감은 적
중했다.

"얘들아, 어떻게 되어가니? 윗분들께서 자꾸 물어
보시는데."

"조금만 더 기다려주세요."

"윗분들께서는 너희들 다큐멘터리를 끝없는 것으
로 생각하고 있어. 윗분들이 해명서를 제출하라는데,
우선 내게 지금까지 촬영한 것을 보여줘."

"아직 내레이션도 더빙하지 않았어요. 소음 처리와
배경음악도 없고요. 이걸로는 아무것도 보여주지 못
해요."

"이 판에서 내가 신출내기는 아니잖아. 지금 가지고
있는 걸 편집해서 가져와."

프리젠테이션에는 울러릭, 아론, 그리고 촬영 기사, 이렇게 세 명이 앉아 있었다. 영상이 지나갔다. 그리고 방은 밝아졌고 긴 침묵. 아론은 섬뜩해졌다. 처형 순간의 고요함이 이럴 것이다. 울러릭은 담배를 피워 물었고 잠자코 있었다. 고민을 하고 있었다. 태고 이래로 칭찬의 말은 내뱉지 않던 사람이었다. 하지만 지금, 오랫동안 애를 태우더니 뭔가를 중얼거린다.

　"그렇게 나쁘지는 않은데."

　아론은 이 말을 잘 이해했을까? 또다시 기다림이 이어졌다.

　"난 더 놀라운 것을 기대했는데 말이야."

　그리고 조금 후에, "남은 건?"

　"J. 너지"

　"그것도 마지막 장면으로는 장례식이 되는 거야?"

　"그럼 어떻게 해요? 이 다큐멘터리는 그것에 관한 건데요."

　"불쌍한 이 같으니라고. 어떻게 죽을 예정이야?"

　"짐작컨대 심장 마비로요."

　"불행이군."

"왜요? 심장 발작은 암보다 더 시각을 자극한다고요."

"넌 잘 몰라. 심장 발작이 얼마나 다양하게 전개되는지 네가 어떻게 알 수 있겠어? 만약 너희들이 운이 좋다면, J. 너지는 한숨을 한 번 쉬고, 그러고 끝나는 거지. 이 심장 발작이란 녀석은 불쌍하게 돌아가신 우리 아버님을 4주 동안이나 인공 심장인가 뭔가로 붙잡고 있었어. 만약 그렇게 된다면, 너희들 다큐멘터리에 수천 통의 항의 편지가 올 테니 프로그램 편성이 불가능해."

"이제 한두 번의 촬영만 남았는데도요?"

"나는 기다리지. 하지만 너희들은 다큐멘터리가 창고에서 썩을지도 모르는 모험을 하는 거잖아."

"그 모험은 제가 감수하죠. 이미 예술 창작의 순수한 존재 그 자체가 의미를 주는 거잖아요."

"펠리니(이탈리아의 영화감독 페데리코 펠리니 — 옮긴이)가 그 말을 했다면 그 앞에서 고개를 숙이겠지만, 너는 초보 중의 초보, 첫 번째 작품을 찍는 무명 연출가라고."

"울러릭 부장님, 모든 천재도 한때는 초보에서 시작했어요."

"그 자신감은 인상 깊지만, 너도 J. 너지에게 방송국의 요구에 맞게끔 심장 발작을 보여달라고 희망할 수는 없잖아."

"J. 너지는 자기가 하는 것에 대해 확신을 하는데요."

"죽음에 대해서는 그도 맘대로 할 수 없어."

"누군가가 무척이나 원하는 것은 이루어지곤 하잖아요."

"그럼 운에 한 번 맡겨봐, 어린 친구."

～

병원이 조용해졌을 때, 저녁마다 J. 너지는 몰래 숨겨온 전화기를 상자에서 꺼내고는 친구에게 연락했다. 자신의 건강 상태에 대한 이야기들을 요약하고, 병원의 사소한 일들을 감칠맛 나게 전했다. 한편 아론은 J. 너지가 아는 여자들에 대해, 그녀들에 대해 돌고 있는 소문들과 방송국에서 일어난 일들, 그 일들 중 다큐멘터리의 일부를 프리젠테이션한 것과 그 이후에 나눈 이야기들을 들려주었다. 그러고는 거기에 덧붙여 말했다.

"급하게 생각하지는 마. 울러릭이 이야기한 것을 심각하게 받아들일 필요는 없어."

"만약 그가 한 말이 진실이 아니라면 말이지."

"울러릭이 한 말? 그 말이 진실이라고? 어떤 의미에서?"

"이 응급실을 꾸민 것이 자살골을 넣은 것은 아닌지 걱정이 돼."

"J. 너지, 네가 원했잖아."

"그래. 하지만 네가 여기 누워본다면, 울러릭이 자기의 아버지에 대해 한 얘기가 마음에 와 닿을 거야."

"도대체 응급실은 어떻게 꾸민 거야?"

"내일 여기로 오면 볼 수 있을 거야. 게다가 사정이 아주 좋지 않아."

"무슨 문제야? 어디가 아픈 거야?"

"가슴이 옥죄는 것 같아. 6년 전에 그랬던 것처럼 말이야."

"사람 놀라게 하지 마, J. 너지."

"대담해지라고. 이 친구야, 내가 한 말에 놀란 것은 아니지?"

"그래, 난 네 친구고, 그래서 네가 걱정돼. 이 말을 의심하는 것은 아니겠지?"

"우린 이미 친구가 아냐, 아론. 우린 이제 예술가들 일 뿐이라고."

"친구와 예술가가 상반되는 것은 아니잖아."

"우리에게 문제는 이거였어. 계속해서 스프리처를 마시느냐, 아니면 마침내 뭔가 버젓한 다큐멘터리를 찍느냐? 우린 다큐멘터리를 선택했잖아. 내일 와서 무대장치로 꾸민 병실을 한 번 보라고."

～

아론이 병실에 들어섰을 때, 그는 자신이 어디에 있는지도 모를 정도였다. 병실에도 독특한 스타일, 분위기, 고요함과 나름의 질서와 순백함이 있는 법이며, 병실은 질환의 고통을 불러일으키는 것이 아니라 치료의 희망을 북돋워야 하는 법이다. 이 병실에서는 이러한 마법이 덧없이 사라진 듯했다. 4인 병실을 2인 병실로 꾸몄는데, 병실이라기보다는 발전소의 전력 전환실을 연상하게 할 정도로 측정 설비들과 장비들, 모니터들이 가득 쌓여 있었다. 구석에는 공중 투하 폭탄처럼 산소통이 있었다.

"조심해! 전선에 발이 엉켜 넘어지면 안 돼!" J. 너지가 촬영팀에게 주의를 주었다.

사정은 아주 좋지 않았다. J. 너지는 방문객들을 서둘러 맞지 않았다. 침대에서 일어나지도 않았으며, 침대에 그냥 걸터앉을 뿐이었다. 방문객들은 포도주와 탄산수를 내려놓았다. J. 너지는 마시려고도 하지 않았다. 레몬수가 저기 있다고 얘기했다. 사람들은 처음으로 J. 너지가 면도를 하지 않은 것을 보았다.

"곧 실비어가 올 거야. 청진기로 검진하려고 내 쪽으로 고개를 숙이면, 가운 사이로 파인 그녀의 가슴을 봐. 후회하지 않을 거야."

"고마워, J. 너지."

"전화기를 발견하고 몰수한 상태라 지금 잔뜩 골이

나 있어. 나중에 사과를 해."

실비어가 왔다. 차갑게 고개를 끄덕이고는 청진기를 J. 너지에게 대느라 고개를 숙였다. 아론은 꽤 오랫동안 가운의 파인 곳을 볼 수 있었다. 그러고는 속죄의 인상을 짓고는 전화기를 반입한 것에 대해 사과를 청했다.

"뭔가 용서해야 할 게 있다면, 그 대상은 전화기보다는 당신이 이 병실을 촬영 장소로 택한 것일 거예요. 가뜩이나 우리 병원 응급실은 만성적인 침상 부족으로 곤란을 겪고 있단 말이에요."

"감사합니다, 의사 선생님. 다큐멘터리 등장인물로서, 지금 저와 잠시 얘기를 좀 나눌 수 있을까요?"

"인터뷰 허락은 받아뒀으니 그렇게 하죠. 앉아서 할까요, 서서 할까요? 어떻게 하면 되지요?"

"누워서 하는 게 제일 좋을 텐데요." J. 너지가 끼어들었고, 이에 그 여의사는 가볍게 J. 너지의 뺨을 툭 건드렸다.

침대 옆 간이 탁자는 꽃으로 덮여 있었다(이는 여성들이 아직 J. 너지를 포기하지 않았다는 표시이기도 하다). 아론은 그 꽃들 앞으로 의사를 앉혔다.

"시작해도 될까요?" J. 너지가 물었다. "시청자 여러분, 여러분들께 프로인드 실비어 조교수를 소개합니다. 지금 제 옆에서, 여러분들은 이 다큐멘터리의 중요한 등장인물 두 사람을 보실 수 있습니다. 한 사람은 저 자신, 개인 자격으로 등장한 환자이며, 다른 한 분은 의사로서 여기 계십니다. 이 관계는 단순하고, 명확하며 우리가 해야 할 일이 무엇인지 분명하게 말해주고 있습니다. 제가 해야 할 일은 제가 맡은 역할을 충실하게 끝까지 수행하는 것이며, 반면에 이 의사 분의 일은 저의 삶이 계속해서 이어지도록 양심적으로 싸워나가는 것입니다. 저희들은 시청자 여러분들께서 전율을 느끼지도, 따분해하지도 않도록 할 것입니다."

"죄송합니다." 실비어가 중간에 얘기했다. "저는 의사입니다. 저는 다른 어떤 것은 생각하지도 않고, 아마도 곧 그렇게 되리라 희망해봅니다만, 오로지 제 환자의 완치만을 가정하고 있습니다."

"저도 그러길 바라고 있어요. 하지만 만약 그렇지

않다면 당신께서는 우리 미완의 각본을 뒤따라야 하지 않겠어요?"

"무슨 각본에 대해 말씀하고 계세요? 우린 스튜디오에 있는 것이 아니라 병실에 있는 거라고요."

"거기에 대해서는 제가 더 잘 이해하고 있어요, 실비어. 단말마의 고통, 거기에도 연출이라는 게 있어요. 여기 기구들도 사치스럽다고 생각해요. 왜냐면 만약 우리의 2인 드라마에서 기술적인 요소가 너무 많으면 그것도 좋지는 않아요. 시청자들의 입장에서 한 번 생각해봐요. 그들은 뭘 보고 싶어하지요? 기술적인 현란함이 아니라, 죽음이라는 보이지 않는 적과 오로지 맨손으로 싸우는 우리 두 사람을 보고 싶어한다고요."

"만약 제가 의학의 진보를 이룬 성과물들을 포기한다면, 그건 당신에게 해롭기만 할 뿐이에요."

"실비어, 만약 당신이 나를 죽도록 내버려둔다면, 그건 나에게 오히려 더 유익해요."

"만약 이 죽음과의 싸움을 제가 어쩔 수 없이 포기해야 한다면, 그래도 당신은 혼자서라도 그 싸움에 남게 되는 거잖아요. 그런데 왜 그런 얘기를 하시는 거죠?"

"왜냐면 어떤 환자를 4주 동안 인공적으로 생명을 유지했다는 경우를 들었기 때문이에요. 난 그렇게 되고 싶지는 않네요."

"우린 그것을 인공 연명이라고 부르죠. 최후의 경우에는 필요할 수도 있어요."

"실비어, 그렇게 된다면 오랫동안 우리가 한 일이 엉망이 될 거예요. 만약 시청자들이 그 장면에서 전율을 느끼기라도 한다면, 우리 다큐멘터리는 창고에서 빛을 못 볼 거예요."

"그럼 저는 제 의대 학위증을 반납이라도 해야 하나요?"

"어떤 백만장자가 거지에게 왜 구걸 허가증을 내주지 않느냐는 민원 때문에 경찰에 갈 때에도 거지들은 그 백만장자에게 구걸한다는 농담을 알고 있지요?"

"알고 있어요."

"아, 그러면 왜 죽게 내버려두지 않는 거예요, 실비어?"

"치기 어린 농담은 그만해요, J. 너지. 저에게 뭘 원하시는지 얘기해봐요."

"사람은 의식이 있을 때까지 사는 거예요. 만약 내가 의식을 잃게 되면, 당신은 찬찬히, 그리고 조용히 옆으로 물러나 있겠다고 합의를 봤으면 해요. 인공적으로 연명시키지도 말고, 내 힘으로 내 역할을 끝까지 수행할 수 있도록 나를 이 기구들로 칭칭 감지도 마세요."

"그건 약속할 수 없어요."

"그럼 내게 뭘 하겠다는 거예요?"

"다른 모든 환자들에게 하는 대로 하겠다는 거예요."

"만약 소름끼치는 장면들이 화면에 나온다고 해도요?"

"만약 필요하다면, 그렇게 해야죠."

"그러면 이 다큐멘터리는 차라리 창고 속에서 나오지 말라는 건가요?"

"차라리 그게 더 낫겠죠."

논쟁은 중단되었다. 누군가가 밖에서 실비어를 찾았다.

"야, 정말 이건 사랑이야!" 그들만 남았을 때 아론이 말했다.

J. 너지는 자신감 가득한 미소를 지었다.

"이보게 친구, 두려워 말게. 항상 죽음을 앞둔 사람이 이기는 법이니까."

여의사가 다시 오는 바람에 그들은 더 이상 대화를 잇지 못했다. 문을 열어 젖혔다. 두 명의 병동 인부가 들어왔다. 새로운 환자가 들것에 실려 있었다. 들것은 내려놓고 실려 온 환자를 다른 침대로 뉘었다. 실비어는 맥박을 짚었고, 손짓으로 아론의 촬영팀을 병실 밖으로 내보냈다.

"내일 정확히 10시 30분에 여기로 오라고!" J. 너지가 그들에게 외쳤다.

실비어는 손에 청진기를 들고 그 새로운 환자에게 고개를 기울였다. 아론의 촬영팀은 마지막 순간까지도 황홀한 그녀의 가슴에서 눈을 떼지 못했다.

~

J. 너지는 다음 날 오후에, 그가 바랐던 대로 죽었다. 영화처럼, 화려하게, 끔찍한 장면과 의사의 시술 없이

그렇게 죽었다. 결국 죽음을 앞둔 사람이 이기는 법이라는 그의 말은 옳았다.

죽음이 엄습했을 때 그의 곁에는 아무도 없었기에, 사망 시각은 추정만 가능했다. 실비어는 옆 병실의 환자를 돌보고 있었고, 아론의 촬영팀은 이미 방송국으로 돌아간 뒤였다. 그들은 어느 정도는 신념과도 같이, J. 너지가 그들과 헤어진 후 푹 잠을 잔다고 확신했던 바였다.

아론은 그의 죽음에 대해 저녁이 되어서야 알게 되었다. 여의사 프로인드 실비어 박사가 낙담과 분노에 떨린 목소리로 그에게 전화를 했다.

"어떤 눈치도 채지 못했다고 감히 말할 수는 없겠지요?"

"뭘 눈치 챘어야 되었나요?"

"모르는 듯 시치미를 떼시네요! 당신은 살인마야!"

이 말과 함께 수화기를 내리쳤다.

늦은 시간이었지만 아론은 방송국으로 내달렸다. 얼마나 안절부절 못했던지, 운전도 감히 할 수 없어서 택시를 타고 갔다. 방송국 현상소의 열쇠를 청해서 필름을 찾은 후 편집실로 갔다. 두 번이나 필름 테이프를 감고 나서야 어두운 모니터를 응시하며 앉을 수 있었다. 물론 지금 이 장면에는 다른 배경 음악이 흐르고 있었으며, 그는 헛되이 찾기만 했지 필름에서 조금의 의심을 살 수 있는 바로 그 장면을 발견하지는 못했다. 어디에서도 J. 너지의 그 뚱뚱한 몸속에 녹아든 60정의 수면제 흔적을 찾을 수는 없었다.

그들이 다음 날 오전 10시 30분에 찾아갔을 때, J. 너지가 잠을 설쳤던 것처럼 보인 것은 사실이었다. 밤새 잠들지 못했다는 얘기를 하기도 했다. 하지만 그들은 J. 너지의 취침시간이 들쑥날쑥하다는 것도 알고 있었기에, 누구도 이를 문제로 생각하지는 않았다. 그들은 이를 문제 삼지 않았을 뿐만 아니라, 바로 여의사에게 촬영 허가를 요청하기까지 했다.

"와주셔서 다행이에요." 새 환자 옆에서 올려다보며 실비어가 얘기했다. "J. 너지의 주의를 좀 돌려주세요. 우리의 모든 움직임을 살펴보네요."

이때 그들은 아무런 의심 없이, 그들 본연의 임무에 충실한 마음으로 촬영 준비에 착수했다. 하지만 아니었다! 지금 촬영하는 것은 적합하지 않다는 생각이 들었다! 촬영팀은 J. 너지에게 우선 숙면을 취하고, 다음 날로 촬영을 연기하자고 제안했다.

"그냥 하지." J. 너지가 말했다. "이 병실 칸막이도 화면에 들어가도록 카메라를 맞춰."

이 대화의 끝이 이후 한 사람의 죽음으로 끝맺게 될 것이라는 그 어떤 징후도 없었다.

"촬영 시작!" 아론이 말했고, 촬영은 시작되었다.

～

J. 너지와 옆 환자 사이에는 병실용 칸막이가 이들을 분리시키고 있었다. 이미 한 무더기의 측정 장치, 기구, 호스, 전선들이 옆에 있는 환자를 감고 있었기에, 그 환자는 거의 보이지도 않았다. 의식을 잃은 채 누워 있었고, 모니터들에 반짝이는 점들과 일련의 선들이 신체 기관의 모든 대사를 감지했으며, 이를 계속 전하고 있었다. 머리에는 마스크 비슷하게 보이는 모자를 쓰고 있었고, 코에는 두 개의 고무호스가 산소를

공급했으며, 두 팔에는 링거로 연결되는 호스가 엮여 있었다. 팔꿈치 아래에는 혈압계의 압박띠가, 손목과 발목에는 전자봉이 묶여 있었다. 여의사가 이 설비들을 주의 깊게 보고 있는 동안 침대 옆에는 간호사 한 명이 그를 보살피고 있었다. 주위는 조용했으며 오직 그 환자만이 계속 얕은 숨을 내뱉고 있었다.

"저 환자 때문에 잠들 수 없었던 거야?" 아론이 칸막이 뒤를 가리켰다.

"여기서 어젯밤 어느 누구도 눈을 붙이지 못했어. 이곳으로 데려왔을 때 이미 의식이 없었지만, 여러 번이나 인공 연명을 시도했지. 이 의료진들에게 헛된 부탁이었지만, 환자가 한번은 자기가 죽게 내버려달라고 애원을 하는 거야. 나 또한 그 사람에게 눈을 뗄 수가 없었기 때문에, 저 사람이 죽었으면 하고 응원했지. 마치 나의 앞날을 보는 것 같았어."

"이 환자는 누군데?"

"연고지도 없는 환자야. 신분증도, 돈도 없이 만취해 길에 누워 있었는데 구급차로 이송했대. 의식을 회복할 때마다 토했어. 길가 구석진 선술집 냄새가 여기

진동했었어."

"J. 너지, 오늘은 그냥 이만하는 게 어때? 푹 좀 쉬어."

"계속하자고. 다만 내가 중간에 잠들어버린다면, 부탁건대 깨우지는 말아줘."

"깨우다니, 당치않은 소리지. 왜 이 대화를 억지로 하자는 건지 당췌 이해를 못하겠어. 우리 다큐멘터리와 관련된 뭔가가 있는 거 아냐?"

"이 역할을 맡은 이후, 그러니까 지금 처음으로 내가 놀라게 된 사건 하나가 발생했을 뿐이야. 항상 삶을 만만하게 생각했고, 나의 연인들과 헤어졌던 것처럼, 삶과도 그렇게 쉽게 헤어질 것이라고 믿어왔어."

"이 연고도 없는 환자 때문에 놀랐던 거야?"

"그래, 맞아. 친구야, 네게는 정말 망나니 같은 친구지? 이 칸막이는 새벽이 되어서야 사람들이 세운 것인데, 그때까지는 모든 것을 볼 수 있었어. 나는 스스로에게 '이 사람은 다른 사람이야, 왜 이 사람 생각을 해?'라고 말해봤지만 쓸모없는 일이었어. 공동의 운명이라면, 다른 사람이라는 것은 존재하지 않아. 차이가 뭐지? 저 사람의 침대와 내 침대 사이에는 팔 하나

거리밖에 안 된다고. 아무것도 아닌 거지. 병원에서의 죽음이라는 것이 그와 함께, 동시에 나한테도 닥쳐올 수 있었을 거야."

"하지만 저 사람을 다시 소생시켰잖아. 이로써 안심이 되지 않았어?"

"난 아냐. 손에 잡히는, 모든 관련 서적들을 닥치는 대로 읽었지만, 읽는 것은 보는 것과는 다른 거지. 그들은 혈관을 하나 절개했어. 그러고는 아주 작은 기구 하나를 머리카락처럼 얇은 케이블을 통해 밀어 넣은 거야. 팔을 지나 심실에까지 보내지는 거지. 이후 이 기구는 거기 머무르며 전기 자극으로 심장을 뛰게 해. 난 단지 실비어가 존경스러울 뿐이었어. 이미 멈춘 심장에 그 버팀목을 얼마나 우아하게 밀어 넣던지! '당신은 끝내주는 사형 집행관 같아'라고 말을 건넸지. '나에게도 그 시술을 할 생각이야?'라고 물었더니, 실비어가 대답하길, '반말은 이제 그만하시고, 주무세요'라는 거야. 그러고는 칸막이를 가져오게 했어. 그런데 지금은 뭘 하고 있어?"

"그냥 앉아 있어."

"우리 다큐멘터리를 엉망으로 만들기 위해 앉아서 기다린다 이거지. 그래, 날 시술하기 위해 기다려보라지."

"J. 너지, 그런 생각들로 번민하지는 마."

"내가 이미 이 일에 깊이 들어와버렸으니, 본전 생각이 나는 거지. 칸막이는 저기가 아니라 여기 있고, 내 옆에는 실비어가 앉아 있다고 한 번 가정해보자. 넌 다큐멘터리 감독으로서 날 어떻게 촬영하겠어? 관객들은 꼼짝달싹하지 못하는 내 몸에 관심이 있는 게 아니라, 지금의 나처럼 또박또박한 발음으로 의미 있는 내용을 말하는, 느낄 수 있고 생각할 수 있는 등장인물이 카메라를 보는 것에 흥미로워하잖아."

"우리 다큐멘터리도 그렇게 될 걸로 바라."

"그놈의 바란다는 말은 좀 집어치우지 그래. 사건들을 미리 한 번 생각해볼 필요가 있어. 그러니까, 우리에겐 지금 촬영감독의 멋진 상상력이 필요한 거야."

"J. 너지, 내가 생사여탈권을 쥐고 있는 건 아니잖아."

"차라리 뭔가 생각나는 게 없는지, 한 번 털어놔봐."

"생각나는 것이 뭐냐고? 넌 병원에 입원했고, 멋진 가슴의 실비어에게 데이트를 신청했고, 사람들이 너에게 이 응급실을 제공했고, 뭐 이 정도? 어쨌든 지금은 요리해둔 음식이나 먹고, 더 현명한 얘기를 꺼내지 못한다면, 차라리 잠이나 푹 자둬."

"아냐, 난 더 현명한 생각을 해낼 수 있어. 지독한 절망에 빠져 있던 오늘 새벽에 유일한 해결책이 떠오른 거야."

"그게 뭔지 궁금해지는데?"

"일을 두 번 하는 셈인데, 그만한 값어치는 있어. 친구야, 잘 들어봐. 난 한 번 죽는 게 아니라, 두 번 죽을 거야. 식은 죽 먹기나 다름 없는데, 왜 그렇게 놀라? 지금 나는 자네 앞에서 울러릭 또한 만족할 정도로 단말마의 고통을 연기하는 거야. 그리고 상황이 그렇게 된 후 너는 진짜 나의 죽음도 촬영하는 거지. 내가 두 번 죽는 것 중에서 더 나은 것을 넌 다큐멘터리에 편집해서 담는 거야."

"J. 너지, 그건 옳지 못한 일이야. 우린 다큐멘터리를 찍는 거라고."

"왜, 그럼 그 다큐멘터리가 창고에서 썩어나라는 말이야? 그렇게 된다면 너무 아깝지 않겠어?"

"일전에 네가 예술이랍시고 장난치지 말고, 있는 그것만을 찍자고 했잖아."

"나의 첫 번째 죽음이 진짜 나의 죽음보다 더 나을 것이라는 데 내기를 걸자!"

"뭐 돈 드는 것은 아니고 이미 여기까지 왔으니, 그럼 한 번 해보기는 해. 그런데 문제는, 너는 작가고, 이 촬영에는 작가보다는 멋진 연기자가 필요한데 말이야."

"이 친구야, 내 걱정은 말아. 더군다나 난 연기는 할 줄도 몰라. 왜냐면 나는 확고한 신념이 없는 일에는 그 일에 대해 아예 생각조차 하지 않는 사람이니까 말이야. 다행히도 죽음이 지금의 너보다는 나에게 더 가까이 있다고 생각하고 있어."

"어디 아픈 데는 없어?"

"지금은 어디에도 아픈 곳이 없어."

"그럼 다시 거짓말을 해야 하겠네. 왜냐면 졸린 것 외에 다른 아픈 데가 없으니 말이야."

"그거면 되잖아. 죽음으로 치닫는 위협이라는 명칭을 붙여서 그럼 졸린 것에서부터 출발하자고. 게다가 한평생 내 잠버릇은 고약했잖아."

"그건 알지."

"그럼 뭐가 더 필요한 거지? 내가 독약을 먹은 것으로 하자고."

"뭔 말이야? J. 너지, 뭘 복용했다고?"

"가장 간단한 것, 수면제지. 수면제는 모든 가능성의 관점에서 볼 때 손에 쥔 듯 분명한 효과가 있는 거야. 생각을 해보자고. 간호사가 저녁마다 수면제 두 알을 침대 옆 작은 탁자에 두잖아. 수면제 60정이면 치사량에 이르지. 그러니까 우리 다큐멘터리를 위해 나는 억지로는 잠들지 않기로 마음먹었다고 가정을 해. 그렇게 잠을 포기하면서 수면제 60정을 모아 한꺼번에 그것을 복용했다고 하고. 그리고 이게 오래전이 아닌, 말하자면, 너네 촬영팀이 도착하기 15분 전에 내가 복용을 했다고 해봐. 그러니까 내게는 이제 수면제 효과가 나타나기까지 15분만 남아 있다고 생각해보자고. 옆에서 방해하는 사람은 아무도 없잖아. 실비어도 안 보고, 그 이름 없는 환자로부터도 아무런 소리가 들리지 않아. 그런데 저기엔 대체 무슨 일이 있는 거야?"

"실비어와 흰색 가운을 입은 두 사람의 남자가 보이는데."

"아주 좋아. 그럼 그들은 환자를 진찰하고 있는 거야. 그러니까 의사들을 꽁꽁 묶어두는 데는 성공한 거고…. 시작하라고. 작가 한 명이 저세상으로 가버리는 거야. 첫 번째 버전이라고."

"어떻게 시작하지?"

"물어봐."

"뭘 물어봐?"

"아무거나. 어떤 이야기든 좋아. 이게 나중에 텔레비전에서는 부고장의 검은색 테두리를 한 틀을 둘러서 방영될 거야. 저기서 의사들이 진찰을 하는 동안, 이 장면을 찍기만 해두자고."

"그럼 그러지 뭐. J. 너지의 죽음. 첫 번째 버전. 촬영 시작!"

"J. 너지, 안녕하세요? 시청자 여러분을 대신해서 인사드립니다. 저희는 지금 J. 너지가 오랫동안 침대 신세를 지고 있는 병원의 병실에 있습니다. 저의 첫 질문입니다. 지금 좀 어떠신가요?"

"그렇게 좋지도 나쁘지도 않아요. 검진 결과는 제 심장의 활동이 비정상적이라고 하네요."

"심기는 어떠신지요?"

"졸릴 뿐이지 머리는 맑아요. 졸려서 사지가 말을 듣지 않고, 혀가 조금 굳은 느낌이에요."

"커피를 한 잔 끓여올까요?"

"임종이 얼마 남지 않았어요. 시간 낭비는 하지 맙시다."

"그럼, 시간에 초점을 맞추지요. 우리들 대부분은 수 년, 수십 년간 곰곰이 생각해보곤 하지요. 어떤 사람에게 단지 몇 분만의 삶이 남아 있다면, 그는 과연 무엇을 느끼는지, 이를 아는 것도 흥미로울 텐데요."

"그렇게 급박하다고 느끼지는 않아요. 35년이라는

시간을 형편없이 배분할 수도 있는 반면, 10분도 알차게 잘 나눠 쓸 수 있거든요. 최소한 제 인생의 마지막을 여러분들 앞에서 더 이상 엉망으로 만들 수는 없으니, 어쩌면 저는 여러분들보다 더 나은 처지라고 할 수도 있어요."

"재치 있는 작가분을 칭찬하지 않을 수 없습니다만, 이 다큐멘터리를 보시는 시청자들은 당신의 이런 유머보다는 다른 것을 더 궁금해하실 수도 있을 것 같아요."

"이건 그냥 유머가 아니라, 사형수가 사형장에 끌려가면서도 유머를 한다는, 그러니까 사형장 교수대의 유머, 바로 그런 거죠."

"어쨌든, 말씀을 좀 진지하게 해주시길 부탁드립니다. 이제 남아 있는 당신의 시간을 어떻게 보내고자 하시는지 저희에게 얘기해주시겠어요?."

"우선 뭘 좀 마시고 싶어요, 갈증이 나는군요."

J. 너지는 레모네이드를 한 모금 마셨다.

"한 모금 하니 딱 좋아요!" 그는 만족해서 말했다.

"뭘 어떻게 더 할까요? 만약 흡연자라면, 마지막 담배를 피울 텐데 말이죠. 대작가라면, 인류에게 성명서라도 하나 발표할 테죠. 남자라면 제 담당 의사, 실비어 박사를 제 침대로 데리고 와서 둘이 함께 있을 테고요. 그게 아직도 발기하기를 희망하며 말이죠."

촬영 기사가 한바탕 크게 웃었다. 칸막이 뒤에서 누군가 그들에게 조용히 하라고 '쉿' 소리를 냈다. 아론은 화가 났다.

"네가 급하다고 해놓고는, 그렇지 않아도 울러릭이 가위질을 할 텐데 그런 허튼소리를 이 와중에 해대면 어떡해?"

"울러릭이 이걸 편집한다면 잘못하는 거지. 죽음의 문턱에서 우리가 발기 불능이 되는지, 그렇지 않은지에 대해서는 아직 어디에도 보고된 바가 없잖아? 이 친구야, 이건 아주 큰 주제라고."

"하지만 편집에 대해서는 지금 우리가 판단할 문제가 아니니 다른 것에 대해 얘기하자고. 그리고 되도록 목소리 톤을 좀 바꾸는 게 어때? 자, 질문할게. J. 너지 당신 삶의 기억 중에서 가장 아름다웠던 것은 무엇인가요?"

"여자들이죠."

"그럼 가장 좋지 않았던 기억은요?"

"그것도 여자들이지요."

"그만해! 이런 인터뷰가 계속된다면, 너의 단말마의 고통은 섣달 그믐날 쌍쌍 파티장에서나 상영될 거야!"

"질문이 그러니 답도 그렇지. 뭔가 더 좋은 질문을 생각해봐."

"그럼 말이야, 만약 몇 분 후에 죽어야만 하는 상황이라고 한다면, 이 상황이 두려운지 그렇지 않은지를 우리에게 털어놓을 수 있겠어? 부탁인데, 이제 대답 가지고 장난은 치지 말아줘."

"넌 항상 조건법으로 돌려 치지 마. 내가 맡은 역할을 잊어버리게 되잖아. 내가 복용한 수면제가 이미 머릿속에서 약효를 발휘하기 시작한 것을 염두에 둬."

"원하는 대로 하지. 그럼, 이제 조건법은 접고. 그러니까 말이에요, 담당 의사분인 실비어 박사가 당신에게 위세척을 해주길 원하나요, 아니면 원하지 않나요?"

"원치 않아요."

"그럼 죽는 상황이 두렵지 않다는 말씀이에요?"

"두렵지 않아요."

"설명해주실 수 있겠어요? 저도, 그리고 시청자분들께서도 관심이 있을 것 같아요. 왜냐면 저희 모두는 그 죽음의 상황이 두려우니까요."

"저에게는 이 다큐멘터리를 준비했던 동안 곰곰이 생각해볼 시간이 있었어요. 죽음이라는 그가, 우리보다 더 강한 상대라는 데는 이견이 없지요. 우리들의 매일, 매 시간은 바로 그 죽음의 것인데, 그 많은 순간 중 그가 어떤 순간을 택하게 될지 우리들이 모를 뿐이지요. 이 때문에 우리 시청자분들께서는 죽음에 대해 간담이 서늘해지지만, 저는 그의 허를 찌른 셈이에요. 저는 곧 평상시처럼, 그러니까 저녁마다 책을 내려놓고, 불을 끄고, 그리고 눈을 감듯이 그렇게 잠들 거예요. 몇 분 후, 저는 이 일상의 일들을 반복할 것이고, 다른 말로는 죽음의 손아귀에서 빠져나가버리는 거지요. 제 인생에서 처음으로 자유로워지는 거지요."

"휴, 정말 다행이야! 마침내 작은 철학이 하나 탄

생했어! 네 목소리가 조금 낮아진 것은 문제지만 말이야."

"얘기하느라 피곤해졌어. 마이크를 좀 더 가까이 대고 질문해."

"좋아, 그럼 다음 질문."

"J. 너지, 더 이상은 깨어나지 않는 대가로, 이 짧은 시간의 자유가 그만한 가치가 있을까요?"

"내가 다시는 더 이상 이 병원의 병실과, 내 옆 침대의 이름 없는 환자와, 울러릭 부장, 여자친구 어런커, 이렌을 못 본다고 한들 무슨 일이 있겠어요? 그리고 내가 없어진대도 이 세상이 잃어버리는 것은 뭐죠? 그냥 이류 소설가 한 명과 공기오염에 관한 교육방송 하나 정도잖아요. 그 대신에 예술이, 아니 인류가 존속한 이래 처음으로 세상은 두려운 비밀로부터 이 죽음을 유린하는 방송물 하나를 얻게 되는 셈이지요. 잘 생각해보세요. 우리 모두에게 유익한 거예요. 제가 두려운지 아닌지 물어봤지요? 아직도 잃을 게 있는 사람만이 두려워할 뿐이에요."

"J. 너지, 그래도 당신은 뭔가를 잃게 되잖아요. 존

재하는 것과 존재하지 않는 것 사이의 그 차이를 잃어
버리게 되는 거지요."

"그건 그래요."

"이에 대해 의견을 듣고 싶어요. 당신 안에서 끝나
는 그 무엇에 우리는 관심이 있어요."

"아직 간단한 산수는 할 수 있겠지요? J. 너지 빼기
J. 너지는 0이에요. 아무것도 없는 것에 대해서 할 말
은 없어요."

"주절대고, 딴소리하고, 소중한 시간을 그렇게 끌다
니! 아무것도 없는 것에 대해 너에게 캐묻자는 게 아
니라, 사라지는 것에 대해 물어보는 거야. 짐승도 죽
음을 감지하고, 죽음이 가까워지는 것을 느끼면 몸을
숨긴다고들 하잖아. 사라지기 몇 분 전에, 네 안에서
무엇이 일어나게 되는지가 나의 물음이야. 네 속에서
인지되는 그것에 대해 주의를 기울여보고 얘기해봐."

"내가 무엇을 감지하고 있느냐 이 말이지? 네 목소
리가 마치 아득한 곳에서 들리는 듯해."

"내 목소리 말고, 너에 대해 얘기하라고!"

"뭐 그렇게 드러날 정도로 특별한 것은 자각할 수

없어."

"J. 너지, 정신 차려. 이제 곧 이 다큐멘터리의 최종
부분이 될 거야. 이 부분은 대단히 중요한 너의 한 순
간이야. 집중해봐!"

"뭔 놈의 집중을 하란 말이야?"

"뭐긴, 이 비관적인 상황에서 네가 자신과 함께하는
지 아닌지에 대해서지."

"함께하고 있어."

"그럼 네가 자신과 함께하고 있다는 그 공존의 상
태가 조화로운 것 같아? 아니면 서로 옥죄거나 감정
의 폭발같이 극적인 장면 같아? 말해봐."

"만약 내 속에 뭔가 팽팽한 긴장감이 있는지에 대
해서 물어보는 것이라면, 잘못 생각한 것 같아. 나는
문을 통해 밖으로 걸어가는 거야. 이게 다야."

"넌 마치 바비큐 굽기를 준비하는 양 행동하고 있어."

"네가 본대로, 바비큐 굽는 것 또한 나쁘지는 않
겠네."

"부끄러운 줄 알아. 네 역할이 최고점을 찍는 지금,
네게서 이 정도밖에 연출이 안 돼? 이 부분은 촬영분

에서 어쩔 수 없이 편집될 부분이라는 걸 알아둬."

"왜? 내 생각에는 아주 멋들어지게 죽고 있는데."

"J. 너지, 얼마나 지루한지 알아? 시청자들은 가치 있는 무언가가 엉망이 될 때 흥분하고 긴장을 해. 최소한 네가 격렬하게 죽음과 싸우기라도 한다면! 파리도 죽기 전에는 몸부림을 쳐. J. 너지, 자, 빨리 해보자고! 죽음과의 갈등을 보여줘!"

"지금 보여주는 이것밖에는 없어."

"휴, 이건 아무것도 아니잖아. 너한테 실망했어. 더 이상 할 얘기가 없어. 최소한 멋있게 작별은 고해야지."

"누구와 작별한다는 거야?"

"세상과."

"아론, 벌써 너무 졸리기 시작했어."

"그건 관심 없고, 작별 없이는 이 다큐멘터리도 없는 거야. 누군가가 죽으면, 시청자들은 그의 마지막 말이 어땠는가에 관심을 가지거든."

"머리가 텅 빈 것 같아, 아론."

"자신을 쥐어짜봐."

"눈꺼풀이 붙으려는데…."

"그래도 꼭 해야 해."

"네가 그 뭔가를 그토록 원한다면, 방귀라도 한 번 뀌어주지. 난 글 쓰는 것보다는 방귀를 항상 더 잘 뀌었거든."

"다시금 그놈의 농담이군! 더 나은 걸 생각해내지 못한다면 그만두자고. 시청자들은 너의 방귀 뀌는 능력에는 관심이 없어."

"그래, 맞아. 내가 방귀에 대해 얘기한 것은 편집 처리해도 돼. 어디까지 했지?"

"시청자들은 죽음과 사투를 벌이는 작가로부터 작별의 인사를 듣고 싶어 한다는 데까지."

"머리에 아무것도 떠오르지 않아."

"떠오르도록 원해야 뭔가가 떠오르지. 몇 주째 임종에 대해 숙고하고 있었잖아."

"어떤 생각은 단지 그 상황에서만 가치가 있어. 내가 그때 중요하다고 생각한 것이, 지금은 거품보다 더 텅 빈 것 같아 보여."

"틀에 박힌 말 한마디도 생각나지 않아?"

"지금까지 내가 아는 것이라고 여겼던 모든 것들이 가치를 잃었어."

"그럼 즉흥적으로라도 한 번 해봐!"

"기꺼이 해야만 한다면 너에게게만은 작별을 고하지. 아론, 안녕. 좋은 영상물을 많이 제작하기를 바랄게."

"그걸로 난 감동이 안 돼! 한때 우리는 프로라고 네가 얘기했잖아."

"프로도 졸릴 수는 있는 거지."

"이의는 달지 말고, 할일을 해. 시청자들에게 뭔가를 보여야 해!"

"내 인생은 골치 아픈 일이 전부였어. 죽을 때만큼은 최소한 편안히 죽게끔 놔줘."

"상점 주인들이나 편안하게 죽는 거지. 하지만 그들의 임종에 방송국은 촬영팀을 보내지 않잖아. 너는 작가야. 시청자들이 높이 평가하고, 멋진 고별사를 기대하는 작가라고."

"그 고별사를 어떻게 갑자기 만들라는 거야? 손가락을 빼면 거기에서 나오는 건가? 거짓말이라도 해야 돼? 이미 그럴 힘도 없어."

"네가 원하는 것을 얘기해. 하지만 멋져야만 돼! 아름다운 것이 예술이고, 예술이 된 것은 이미 거짓이 될 수 없는 거야."

"아론, 모든 예술은 거짓이야."

"그래, 하지만 예술은 믿을 수 있는 존재로서의 거짓이잖아."

"믿는다고? 뭘? 진실에 대한 영원한 타협과 절충을?"

"그 말은 당장 취소해."

"취소 못해."

"그럼 다큐멘터리는 여기서 마쳐."

"관심 없어. 난 끝낸 거야. 이젠 잠 좀 잤으면 싶어, 아론."

"엉망으로 만들지 말라고! 마지막 힘을 모아서 이해할 수 있게끔 얘기를 해봐! 작가가 이렇게 죽을 수는 없어!"

"네가 지금 보듯, 이렇게 죽을 수 있어."

"졸린다고 하니 지나간 기억이 가물가물하겠지. 하지만 내가 기억을 되새겨줄게. 너는 이 역할을 받아들였을 뿐만 아니라, 몇 주 동안이나 이 역할을 준비까

지 했어. 그리고 지금, 마지막 순간에 와서는 스스로
네가 하는 것을 믿지 못하다니."

"난 이것만은 믿어. 그러니까 이 다큐멘터리는 내
인생에서 처음으로 거짓말을 할 필요가 없는 작품이
라는 것 말이야."

"말을 돌려 또 농담을 하자는 거지?"

"기다려봐. 언젠가 너도 알게 될 거야. 세상에서 하
나뿐인 솔직한 일이 죽음이야."

"그래, 이거야! 어때, 지금 이 말을 멋있게 하잖아.
조금 더, 이 말을 약간 돌려서 얘기할 수는 없을까?"

"없어."

"그러면 좋을 텐데. 그래도 아무것도 없는 것보다야
낫지. 그럼 이 말들이 너의 마지막 인사가 될 거야. 더
이해하기 쉽게, 한 번 더 말해봐."

"뭘?" J. 너지는 지친 기색이 역력한 채로 물었다.

"앞에 한 말을 말이야. 눈을 깜빡이지도, 졸지도 말
고, 카메라를 봐. 무슨 일이야? 잊어버렸어? 세상에서
하나뿐인 솔직한 일이 죽음이라고 네가 말했잖아. 그
럼 내 말을 따라해봐. 될 수 있으면 눈을 뜨고 말야."

J. 너지는 조용했다.

"J. 너지, 입을 열어봐! 우선 그 말만은 내뱉고, 네가 원하는 대로 해!"

대답이 없었다. 촬영 기사가 침대 쪽으로 걸어갔다.

"아론, 이 양반 잠들었어요." 연출자에게 말했다.

아론도 다가가서, 잠든 그를 보았다.

"어때, 우리 꼴좋게 됐군." 한숨을 내쉬었다. "이런 빌어먹을 말들은 나중에도 이해하지 못하겠지?"

"글쎄요, 어쩌면 이해할 수도 있을 것 같은데요."

J. 너지는 벌써 잠에 취해 아무것도 듣지 못했다. 아론은 지금 그를 불쌍히 여길 정도였다. 그렇게까지 고문할 필요는 없었는데 말이다. 그에게 뭘 기대할 수 있었을까? 불쌍한 J. 너지는 간밤에 한숨도 못 잤다고 했다. 앞서 피곤에 절어 보이던 그의 얼굴에, 이제는 풍채 좋은 사람들의 얼굴에 드러나는 그 평화가 깃들어 있었다. 아직 말하지 못한 농담 하나가 머리에 떠오른 듯, 입가에는 미소를 머금고 있었다.

아론은 촬영 기사에게 손짓을 했다. 병실의 칸막이와 침대 옆 탁자 위에 있는 꽃들과 레모네이드 잔들을 배경으로 한가로이 낮잠을 즐기는 듯한 J. 너지의 마지막 촬영은 이렇게 끝났다.

그러고는, 소음이 나지 않게 조심하며, 흩어져 있는 짐들을 꾸리기 시작했다.

～

"인공호흡기를 빨리 가져와!" 실비어는 바퀴 달린 이동식 운반대에 뭔가 새로운 장치를 환자의 침대 옆으로 밀고 가던 간호사에게 말했다.

아론의 촬영팀은 그 자리에 섰다. 계속 갈 수도 없었을 것이다. 끝에 작은 램프가 달린 고무호스를 환자의 입에, 호흡기를 통해, 폐까지 천천히 밀어 넣는 것을 끝까지 봐야만 했다. 뭘 하는 것인지 누가 알기라도 할까? 만약 이것이 인공호흡기가 맞다면, 아마도 얼굴빛이 창백하여 베갯잇과도 거의 구분되지 않는 저 이름 없는 환자는 호흡을 할 수 있게 될 것이다. J. 너지는 분명 저게 뭔지 알 텐데. 이미 잠들었기에 다행이다. 그렇지 않으면 다시금 J. 너지는 저 광경에 자극을 받아 흥분했을 테니 말이다.

"기계는 어때요?" 간호사가 물었다.

"아주 훌륭해요!" 실비어가 말했다. 이제야 아론의 촬영팀이 있다는 것을 알아챘다." 당신들 여기서 뭐 해요?"

"J. 너지가 잠들었어요. 깨우지 말아달라고 부탁했어요."

"잔다고 하니 잘 됐네요." 그 여의사는 이름 없는 환자에게 눈을 꼭 붙들어 매고서 말했다. "잠들었다니 최소한 우리를 보고 기웃거리지는 않을 테니 말이에요."

그녀는 길을 비켜섰다. 마침내 아론의 촬영팀은 병실을 나설 수 있었다. 안도의 한숨을 내쉴 수 있었다. 계단을 통해 내려갔다. 이제야 편히 차에 올라탈 수 있었다. 방송국으로 다시 되돌아갈 수 있었다.

"당신 의견은 어때?" 방송국으로 가는 길에 아론이 물었다.

"J. 너지의 컨디션이 오늘은 좋지 않아 보였어요." 촬영 기사가 말했다.

"이 촬영에는 작가가 아니라 배우가 필요하다고 미

리 얘기했잖아."

"맞아요." 촬영 기사가 거들었다.

모두 방송국에 도착했다. 아론은 필름을 가지고 현상소로 올라갔다. '긴급!'이라고 필름에 적으면서도 아직 그는 이것이 이 다큐멘터리의 마지막 필름인지 알지 못했다.

～

방송국 사람들은 J. 너지의 죽음을 자신의 죽음인 양 받아들였다.

"그는 자신의 의무를 수행하던 중에, 영웅적으로 삶을 마감했습니다." 장례식에서 울러릭이 고별사로 한 말이다. "시청자들의 가슴속에 그에 대한 기억은 영원히 살아 있을 것입니다."

J. 너지에게 어울리게끔, 관 주위에는 수없는 멋진 여성들이 한 무리를 이루고 있었다. 코롬 아론은 보이지 않았다. 아론의 친구들이 여론을 들먹이면서 장례식에 모습을 보이지 말라고 충고했던 것이다.

~

장미 박람회[*]

침울하고 울적하지만, 마지막까지 깊은 생각거리를 전해주는 다큐멘터리가 방송 프로그램으로 편성되었다. 제작진들이 설정한 이 다큐멘터리의 목표는, 흔히 이야기하듯, 아직 그곳으로부터 되돌아온 여행객이 없는 제국에 대해서 시청자들이 엿볼 수 있도록 하는 데 있다.

세 명의 등장인물을 병원의 침상에서부터 마지막 입관까지 지켜볼 수 있었으며, 대단히 높은 완성도를 보여주었다. 새로운 주제임을 감안하면, 첫 작품을 선보이는 연출가의 능력으로는 여기저기서 힘에 부치는 것들인데도, 코롬 아론은 자신의 연출 의도를 굽히지 않고 잘 살렸다.

이 다큐멘터리의 방영 기회를 제공한 방송국에도

• 일간지에 실린 비평.

찬사를 보낼 만하다. 우리들은 안방에서 이미 대양의 해저, 히말라야의 등반, 원시림의 비밀들을 볼 수 있는데, 다르게 말하자면 방송국 카메라 덕분에 우리가 접근할 수 없는 것들이 접근 가능한 것으로 바뀐 것이다. 우리의 선조보다 우리 시대의 사람들은 더 많은 지식으로 세상을 인식하고 있다. "단지 죽음에는 하나의 전형이 없잖아요." 다큐멘터리의 한 등장인물은 말한다. 〈장미 박람회〉의 제작진들은 바로 이 부족한 부분을 채워주었다. 흥미뿐만 아니라 교훈을 얻고자 하는 수준 높은 시청자들은 텔레비전 앞에서 잊히지 않을 시간을 보낼 수 있었을 것이다.

이 다큐멘터리에 이어 방영된 리포트 방송 〈95세의 물방앗간 주인을 방문하다〉는 강렬한 대비 효과를 보여주었다. 오늘날에도 활동적으로 노동을 하는 이 유쾌한 어르신으로부터 죽음보다는 건강한 삶의 방식을 유지하고 해가 되는 집착을 피하는 것으로써, 우리 모두는 더없이 값지고 아름다운 인생을 연장할 수도 있다는 것을 배울 수 있었다.

작가 소개

예리한 감각으로 부조리를 그려내다

김보국

외르케니 이슈트반은 1912년 4월 5일, 부다페스트
의 한 유명한 약사 집안에서 태어났다. 1930년 부다
페스트의 피어리슈터 고등학교Piarista Gimnázium를 졸
업했으며, 이미 이 시절부터 습작을 하면서 글쓰기에
관심을 보였다.[*] 이후 부다페스트 공과대학교Budapesti
Műegyetem에 진학하여 화학을 전공했으나, 집안의 강
요로 현재 헝가리 최고의 인문대학인 외트뵈시 로란
드 대학교(흔히 엘테ELTE, Eötvös Loránd Tudományegyetem

[*] 그의 문학 선생님은 가톨릭 문학의 전통을 이은 작가인 시크 샨도르
Sík Sándor였으며, 역시 작가로 활동했던 서보 졸탄Szabó Zoltán, 투르조 가
보르Thurzó Gábor, 볼디자르 이반Boldizsár Iván과는 학급 친구였다.

로 약칭)의 전신인 파즈마니 피테르 대학교Pázmány Péter
Tudományegyetem에서 1934년에 약학 학위를 받았다.
파즈마니 피테르 대학 시절에는 문우들끼리 자주 모
임을 갖던 장소의 이름을 딴《단면도Keresztmetszet》라
는 잡지에 단편소설을 싣기도 하면서, 전공 공부보다
는 문예 활동에 더 깊은 관심을 보였다.

대학 졸업 후 외르케니는 사회주의 사상을 신봉하
던 주위의 친구들과 잦은 모임을 가졌다. 이를 못마땅
하게 여긴 그의 아버지가 수사 당국의 제안을 받아들
이면서, 그는 독일과 프랑스, 영국에 머물러야 했다.
이는 젊은 외르케니에게 세상의 견문을 넓힐 수 있는
좋은 기회였고, 당시 그의 세대가 겪던 가장 큰 어려
움인 언어 문제를 해결해주는 좋은 계기가 되기도 했
다. 실제로 그는 라틴어, 독일어, 프랑스어, 영어는 물
론 나중에 러시아에서 전쟁포로로 있으면서 습득한
러시아어도 능통하게 구사할 수 있었다.

헝가리로 돌아온 이후 외르케니는 학업을 이어갔
고, 1941년에는 이전에 등록한 부다페스트 공과대학
교에서 화학 학위를 취득했다. 같은 해에 그는《대양

의 춤Tengertánc》이라는 제목의 단편소설집을 출간하면서 문단의 주목을 받기 시작한다. 이 단편소설집에는 표현주의, 초현실주의, 낭만주의를 비롯해서 자연주의에 경도된 사실주의 경향의 작품들이 망라되어 있다. 특히 표제작으로 선택한 〈대양의 춤〉은 정신병원에 수용된 환자들이 폭동을 일으켜 세상의 지배권을 장악하게 된다는 내용으로서 파시즘의 세계적인 위협을 예견한 작품으로 평가된다. 하지만《대양의 춤》으로 시작한 작가로서의 명성은 이후 전쟁과 포로생활, 그리고 헝가리 귀환 이후의 여러 가지 정치적인 문제로 인해 오랫동안 독자들의 뇌리에서 잊히고 만다(1940년대 후반부터 1950년대 초반에는 작가로서 잠시 왕성한 활동을 한 바 있다).

외르케니는 제2차 세계대전 발발 이전에 여러 차례 장교로 입대한 바 있었다. 그러나 그는 제2차 세계대전 참전 당시 군대에서 심한 상처를 받았다. 독실한 가톨릭 집안에서 교육받은 작가이자 화학자였으나 유대인 출신이라는 꼬리표 때문이었다. 1942년 봄에는 결국 장교에서 강등되어 남루한 옷차림의 강제징용자로서 동부전선(돈강 유역)에서 노역을 하게 되었다. 강제노역 중이던 1943년 1월 12일 밤(《토트 씨네Tóték》의 저자 서문에서는 1943년 1월 13일로 적고 있음), 그는 보로네즈Voronyezs에서 러시아 군대에 의한 헝가리군의 처참한 패전을 목격하게 된다. 이 패전으로 그는 전쟁 포로가 되어 무수한 고초를 겪었으며, 1946년 12월이 되어서야 헝가리로 돌아올 수 있었다. 전선에서 일어난 학살과 폭력, 비인간적인 야만성을 체험한 그는 헝가리로 귀환하면서 지금도 헝가리군 역사상 가장 치욕적인 패전 중 하나로 기록되는 보로네즈의 패전에 대한 기록문 등 필사본 원고들도 함께 가지고 와서 왕성한 출판 활동을 펼쳤다. 하지만 이러한 전시戰時 경험과 기록문들은 어디서도 환영받지 못했다. 이미 사회주의 정권이 들어선 뒤여서, 전시에 대해 폭로하는 그의 글은 '변화의 시대fordulat éve'에 설 자리가 없었다.

외르케니는 사회주의의 순수한 이념은 인정했으나, 불합리하고 비이성적이며 경직된 정치 현실과는 다시금 불화를 경험하게 된다. 그는 1956년의 헝가리 민중혁명56-os forradalom에 적극적으로 가담한 대표적

186

작가군*에 속했고, 1956년 9월에는 '헝가리 작가연맹 Magyar Írók Szövetsége'의 회장단 중 한 명으로 선출되기도 했다. 헝가리 민중혁명이 발생하자, 그는 시민군이 점령한 라디오 방송국에서 이전의 방송을 힐난했는데, 이는 지금도 헝가리 민중혁명 직전의 방송 상황을 상징하는 말로 유명하다.

"우리는 밤에도 거짓말을 했고, 낮에도 거짓말을 했으며, 모든 전파에 거짓말만 실어 보냈다Éjjel hazudtunk, nappal hazudtunk, minden hullámhosszon."

헝가리 민중혁명 이후, 카다르 야노시Kádár János 정권은 작가들의 내부 분열을 야기할 목적으로 교묘하게 작가들을 선별하여 혁명에 가담한 정도에 따라 책임을 물었다. 외르케니는 구속은 면했지만 1957년부터 작품이 판금당하고 작가로서 활동에 제약을 받게 되었다. 이후로도 상당 기간 동안 헝가리 문단에서 그의 이름은 자취를 감추었다. 하지만 그는 능통한 외국

• 이러한 작가들로는 데리 티보르Déry Tibor, 하이 귤러Háy Gyula, 젤크 졸탄Zelk Zoltán, 터르도시 티보르Tardos Tibor 등을 들 수 있는데, 특히 이들 네 명은 모두 헝가리 민중혁명 이후 구속되어, 각각 1년 6개월에서 9년까지 징역형을 언도받았다.

어 구사 능력과 약학과 화학 학위로 생계를 간신히 유지할 수 있었고, 작품 발표를 허락하는 지면은 없었으나 틈틈이 글을 쓰며 극장의 자문역을 맡거나 드라마 구상도 하게 된다.

1960년대 중반에 이르러 다소 '유화적인lágyuló' 정치 분위기에 힘입어 외르케니는 《예루살렘의 공주 Jeruzsálem hercegnője》(1966)를 발표했다. 이후에도 《고양이 놀이Macskajáték》* 《토트 씨네》 《에지페르체시 단편집Egyperces Novellák》 등을 발표하면서, 그의 나이 쉰살 중반을 넘어 이른바 '외르케니의 르네상스Örkény reneszánsza' 시대가 열린다. 그는 시, 소설, 희곡, 시나리오 등의 장르를 뛰어넘는 작품으로도 많은 주목을 받았을 뿐만 아니라 '에지페르체시egyperces'(1분짜리 소설)라는 초단편 문학 장르를 개척한 작가로서, 그리고 부조리 문학작품을 헝가리에서 처음 발표한 작가로서도 헝가리 현대 문학에서 독특한 위치를 점하고 있다. 1967년 그의 부조리 드라마 《토트 씨네》는 부다페스

* 작품집 《예루살렘의 공주》에 제일 처음 등장한 바 있다.

트의 탈리아 극장Thália Színház에서 성공리에 초연을 마쳤으며, 1969년에는 프랑스 파리에서 '블랙 유머 대상Fekete Humor Nagydíj'을 받기도 했다. 그의 작품들은 현재 약 35개 국어로 번역되어 전 세계인의 사랑을 받고 있다.

인생 자체가 희비극이었던 외르케니는 1979년 6월 24일, 부다페스트 2구역의 대학병원에서 폐샘암종 등 폐질환으로 숨을 거두었다. 그는 이 소설《장미 박람회》에 등장하는 J. 너지가 겪은 심장질환으로도 오랫동안 고생한 바 있다.

장미 박람회

1판 1쇄 펴냄 2019년 6월 10일

지은이   외르케니 이슈트반
옮긴이   김보국
편집   안민재
디자인   JUN(표지), 한향림(본문)
제작   세걸음
인쇄·제책   상지사

펴낸곳   프시케의 숲
펴낸이   성기승
출판등록   2017년 4월 5일 제406-2017-000043호
주소   (우)10874, 경기도 파주시 책향기로 441
전화   070-7574-3736
팩스   0303-3444-3736
이메일   pfbooks@pfbooks.co.kr
페이스북   fb.me/PsycheForest
트위터   @PsycheForest

ISBN   979-11-89336-10-3 03890

책값은 뒤표지에 있습니다.

이 도서의 국립중앙도서관 출판시도서목록CIP은
서지정보유통지원시스템 홈페이지 http://seoji.nl.go.kr와
국가자료공동목록시스템 http://www.nl.go.kr/kolisnet에서 이용하실 수 있습니다.
CIP제어번호: 2019018516

 이 책은 헝가리 외교통상부 퍼블리싱 헝가리 프로그램의
지원을 받아 출판되었습니다.